蘭芝墨香

난 화 묵 향

蘭也墨香

난화묵향

김용귀 지음

난을 치며 ………

선운산에 하늬바람 불고
질마제에 봄이 오면
고향 산하는 푸르른 난초 빛이다
붉게핀 동백꽃사이로
추사秋史가 쓴 백파선사白坡禪師 부도탑비에
미당未堂의 시어들이
청향에 잠긴다

난의 푸르른 사계 속에 태어나 고향산천 그 향기에 잠기며 난을 그린다. 오랫동안 서예 공부를 하며 습득한 필력에서 사군자四君子를 접하며 서화동원書畵同源을 생각한다. 붓을 통하여 화선지에 번지는 먹빛으로 다양한 문자조형에서 회화로 자연스럽게 넘나들 수 있는 여백의 미를 추구해 본다.

난을 주제로 삼았다. 난을 애착하며 난에 대한 열정을 품은 건 창가 서재에 스므여분 난초들이 사시를 푸르름으로 여울지며 종종 꽃대를 내밀어 서재를 향기 가득 담아 눈을 씻기우고 마음을 닦아내어 동거동락 했기 때문이다.

난처럼 군자다운 몸짓으로
난처럼 청초한 여정으로
난처럼 사시 변함없이 의연하고 싶다.

추사秋史, 석파石坡, 운미芸楣의 자료들을 마음에 새긴다.
추사는 난초치는 법을 『예서 쓰는 법과 같다고 이르며 화
법을 따른다면 아예 난을 치지 말라』했으니 그의 걸작 불
이선란不二禪蘭을 보며 제주 유배지에서 뼈를 깎는 인고
의 세월 속에 한 많은 그의 예술혼이 깃들인 숨결이라 생
각한다.

자색 꽃을 피우는 난에서 홍란紅蘭을 즐겨 그려 보았다.
화제를 쓰면서 우리의 옛시조나 중국한시에서 번역문을 위
주로 활용하였으며, 평소 난에 대한 가벼운 글귀를 습작하
여 화제로 삼았다.

여백의 아름다움은 드높은 하늘이 되고 물이 되고 공간이
되어 광활한 대지가 되기도 한다. 간결하고 고결한 생략의
미를 표현하여 여백의 미로 난을 그린다. 난을 갈긴다. 추
사秋史 난이, 정판교鄭板橋 난이 향기 발하도록 난을 치
려한다.

2008년 이른 봄

6

蘭草와 四君子

■ 난초 蘭草

난초과에 속하는 식물의 총칭으로 세계적으로 3만여종이 분포되어 있으며 우리나라에서는 100여종이 자라고 있다. 동양란과 서양란으로 구분되며 서양에서 육종하여 수입한 난을 서양란이라 하며 중국·일본·한국에서 야생하는 난을 동양란이라 한다.

난초는 10세기경에 재배된 것으로 추측된다. 중국의 도곡陶穀이 지은 청이록淸異錄에 『난은 비록 꽃한송이가 피기는 하나 그 향기는 실내에 가득차서 사람을 감싸고 열흘이 되어도 그치지 않는다. 그러므로 강남 사람들은 난을 향조香祖로 삼는다.』라는 구절이 보이는데 이것은 분명히 한줄기에 꽃한송이가 피는 춘란류를 말한 것이기 때문이다.

북송北宋의 황정견黃庭堅이 수죽기脩竹記에서 『한줄기에 꽃한송이가 피고 향기

가 많은 것은 난이고, 한줄기에 예닐곱 송이가 피면서 향기가 적은 것은 혜란蕙蘭
이다』라고 한 것도 오늘날의 분류와 같다.

우리나라에서 난 재배의 시작은 고려 말기로 추정된다. 고려말의 이거인李居仁은
난을 재배한 것으로 유명하고, 조선초의 강희안姜希顔은 우리나라 자생란에 대한
관심이 높았던 사람으로 꼽을 수 있다. 강희안은 안사형安士亨과 더불어 화목에
대한 안목이 탁월하였던 사람으로 저서 양화소록養花小錄에서 난에 분류 및 재
배법을 논하고 중국기록을 소개하며 우리나라에는 난蘭·혜蕙의 종류가 그리 많
지 않다. 분에 옮긴 뒤에 잎이 점점 짧아지고 향기가 좋지 않아 국향國香의 뜻을
아주 잃고 있다 했으며, 호남 연안의 모든 산에서 나는 것은 품종이 아름답다고
기술했다.

현재 우리나라에서 애호하는 난으로 보춘화속, 석란속, 대엽풍란속, 소엽풍란속
등이 재배되고 있다.

■ 사군자 四君子

사군자란 문인화의 기본적인 화제로 매화梅花·난초蘭草·국화菊花·대나무竹를 말한다. 매화는 이른 봄의 추위를 무릅쓰고 눈이 녹기도 전에 제일 먼저 꽃을 피우고, 난초는 깊은 산중에서 은은한 향기를 멀리까지 퍼트리고, 국화는 늦은 가을 찬서리속에 꽃을 피고, 대나무는 모든 식물의 잎이 떨어진 추운 겨울에도 푸른 잎을 계속 유지한다는 각 식물 특유의 장점을 군자君子, 즉 덕德과 학식을 갖춘 사람의 인품에 비유하여 사군자라고 부른다.

산수화나 인물화에 비하여 비교적 간단하고 서예의 기법을 적용시켜 그릴 수 있다는 점에서 여기餘技 화가인 문인들에게 가장 적절한 소재였다. 또한, 서예의 필력 자체가 쓴 사람의 인품을 반영한다는 원리의 연장으로 북송北宋때부터 사군자화는 문인들 사이에 환영받는 소재가 되었다. 원대 초기의 사대부 정사초鄭思肖의 난초는 흙이 없는 난초 포기만을 그려 몽고족에게 국토를 빼앗긴 설움을 표현하였다. 묵죽화를 사대부 화가들의 가장 적절한 자기표현 수단으로 만드는 데 공헌한 사람은 북송의 소식蘇軾과 문동文同이다. 묵란은 서화일치書畵一致, 회화의 사의성寫意性을 주장한 문인들에 의하여 한층 더 성행하였다. 정사초鄭思肖·조맹부趙孟頫·설창雪窓은 묵란으로 유명하였으며 청대의 대표적인 사

군자 화가로는 정섭鄭燮과 도제道濟 등을 들 수 있다. 우리나라에서는 고려시대
에 들어오면서 회화의 소재도 다양해지고 송·원의 영향으로 사대부화의 전통이
생기기 시작한다. 현존하는 고려시대의 작품은 없으나 고려사 또는 당시의 문집
에 수록된 기록을 통하여 묵죽·묵란·묵매가 고려 왕공사대부王公士大夫 사이
에 널리 그려졌다는 사실이 증명된다. 묵란화는 말기의 사대부 윤삼산尹三山·옥
서침玉瑞琛 등이 잘 그렸다고 전한다.

조선시대에는 김정희金正喜와 조희룡趙熙龍을 정점으로 하여 말기에는 사군자화
가 약간 수그러진 듯 하나 김규진金圭鎭·민영익閔泳翊의 묵죽, 강진희姜進熙·
조석진趙錫晉의 묵매, 허련許鍊·민영익·이하응李昰應 등의 그림에서 새로운
구도와 필치에 의한 시대적 감각의 표현이 나타난다.

조선후기에는 남종화南宗畵의 본격적인 수용과 더불어 서화일치의 정신을 가장
잘 나타내는 사군자화가 더욱 성행하게 된다. 또한 남종화법의 지침서인 개자원
화전芥子園畵傳이 우리나라에 전래됨에 따라 사군자화도 구도나 기법면에서 많
은 영향을 받게 된다. 그러나 18세기에는 비교적 전대의 양식에 의존하는 경향이
짙었으며, 19세기에 들어와 김정희의 화론과 묵란·묵죽에서 조선시대 사군자화
의 최고봉이 이루어졌다고 할 수 있다.

문인화단에서 지배적인 역할을 한 김정희는 묵란·묵죽에 서예의 기법을 적용시킬 것을 강조하여 예서隸書의 획과 묵란의 획을 동일시하였고, 또한 문인정신의 표현인 서권기書卷氣를 강조하였다. 그가 남긴 많은 묵란·묵죽, 특히 힘차게 뻗어나간 난엽은 추사체秋史體 글씨와 더불어 기괴한 일면을 보여준다. 김정희의 영향을 많이 받은 조희룡은 난초나 대나무에 있어서는 스승에 미치지 못하나 묵매에는 단연 후기의 제일인자로 꼽을 수 있다. 조선 말기에는 김정희의 영향으로 19세기 중기에 이미 토대를 마련한 남종화풍은 말기에도 강세를 보이며 20세기 초까지 계속되었다. 이때는 사군자 가운데 난초가 가장 유행하였다는 인상을 주나 실제로는 매·난·국·죽 모두 상당히 보편화되어 왕공사대부·화원 등의 많은 화가들이 즐겨 그렸다.

대표적인 사대부 화가들은 묵매·묵란을 많이 그린 허련, 난초로 유명한 이하응, 그의 양식을 답습한 김응원金應元, 이들과는 좀 색다른 묵란을 그린 민영익, 묵죽으로 뛰어났던 김규진 등이 특기할만하다. 허련과 이하응의 난초 가운데 많은 작품이 대련식으로 된 길고 좁은 종폭으로 이에 따라 특수한 구도가 성립되었다. 즉 난초 두세 포기를 화폭의 아래위로 대각선의 위치에 배치하고 이들이 절벽이나 바위로부터 옆으로 늘어진 모습을 많이 그렸다.

이와 같은 구도는 그 이전의 것에 비하여 훨씬 동적이며 활달하게 뻗어 내려간 난엽과 더불어 전체 화면에 활기를 부여한다. 민영익의 난초는 전서篆書의 획을 상기시키는 장봉획藏鋒劃 (붓끝이 획의 가운데에 위치하여 필획의 모양이 둥근 감이 나고 두께가 거의 일정한 것)이며 난엽이 거의 직각으로 한번 꺾이는 특수한 모습을 보인다. 이는 명말·청초의 화가 도제의 난초와 비슷하다.

이상과 같이 조선시대의 사군자화는 중기로부터 많은 화가들이 배출되어 양식의 전통이 수립되었고, 후기 말기가 되면서 한편으로는 중국 사군자화의 영향을 수용하면서 다른 한편으로는 이를 극복하며 독자적인 양식을 보였다. 중국의 영향에도 불구하고 작가의 개성이 강하게 드러난 좋은 작품도 많이 남겼으며 현대까지도 동양화의 정신과 기법을 제일 단적으로 표현하는 화목畵目으로 간주되어 계속 그려지고 있다.

■ 묵란 墨蘭

묵란墨蘭은 채색을 가하지 않고 먹만을 사용하여 그린 난초그림으로 11세기 중엽부터 중국에서 발달하였다. 깊은 산중에서 은은한 향기를 멀리까지 퍼뜨리는 난초는 그림의 소재가 되기 이전에 시문에서 그 미덕이 찬양되어왔다. 북송北宋 이후에 사대부 화가들에 의해 묵란이 발달하게 되었다. 기록상으로 나타나는 최초의 묵란 화가는 북송시대의 서화 감식가로 알려진 미불米芾이다 그 뒤 원나라 초기의 정사초鄭思肖는 뿌리없는 난초를 그려 몽고족에게 나라를 빼앗긴 서러움을 표현한 것으로 유명하다.

우리나라에서는 고려말부터 중국의 사대부화 전통을 받아들여 문인·선승들 사이에서 묵란화가 행하여졌을 것으로 추측된다. 고려말의 문집에서 당시 중국화단과의 교류에 관한 기록, 그리고 묵란화를 잘 그렸던 사람들의 기록이 보이나 현존하는 작품은 없다. 또한 신숙주申叔舟의 화기畫記에는 안평대군安平大君의 수장품 가운데 원대元代의 묵란화가 설창雪窓의 광풍전혜도狂風轉蕙圖가 두 점 포함되어 있어, 실제로 고려말·조선초의 사대부 화가들이 중국화단의 영향하에서 묵란화를 그렸을 가능성을 제시해준다.

현존하는 우리나라 묵란화 중 가장 연대가 이른 작품으로는 조선 중기의 대표적인 묵죽 화가로 알려진 이정李霆의 그림인 검은 비단에 금니金泥로 그린 난화이다. 이와 거의 같은 시대의 작품으로 이징李澄과 이우李瑀의 작품도 전하는데, 이들은 모두 난엽이 뿌리로 부터 부채살처럼 비교적 평면적으로 뻗어나가고 중간에 한번 뒤틀린 모습을 보이며 토파土坡는 단 한선과 몇개의 점으로 간략하게 처리 되었다.

조선 후기에 오면 묵란화도 다른 화목畵目처럼 좀더 많은 계층의 사람들 사이에 유행하게 된다. 이 당시의 묵란 화가로는 임희지林熙之, 사대부화가인 강세황姜世晃, 그리고 조선조 제일의 문인서화가이며 이론가인 김정희金正喜, 조희룡趙熙龍 등을 들 수 있다. 이 시기에 이르면 묵란화의 양식도 다양해지고, 특히 난엽의 모습이 글씨 획과 유사성을 띠게 된다. 중기의 난엽이 비교적 평면적인데 비하여 이 때의 난엽은 공간에서 움직이고 뒤틀리며 뻗어나가는 듯 공간감과 입체감을 강하게 느끼게 한다. 꽃과 잎의 농담의 대조가 뚜렷하여 장식적 효과도 크다. 이와 같은 양식적 변화에는 김정희의 지배적 역할이 가장 중요했다고 본다. 그는 묵란화와 예서隸書를 동일시하고 난초치는 법을 예서쓰는 법과 같다고 이르면서 화법만 따르려면 난을 치지말라 경고하고 있다. 또 원대의 사대부화가 조맹부趙孟頫의 묵란화법인 삼전법三轉法, 즉 난엽을 세 번 돌려 변화를 가하는 기법을 도입시켰다.

그의 난초 그림은 이와 같은이론을 그대로 적용한 서예적인 묵란이라고 볼 수 있다. 다음으로는 18세기 초기에 우리나라에 들어왔을 중국의 종합적인 화보 개자원화전芥子園畵傳의 일부인 난죽매국보蘭竹梅菊譜의 영향을 생각할 수 있다. 이 화보의 보급과 더불어 중국 역대 묵란화의 양식이 소개되고 그화법의 터득도 가능하게 되었다.

즉, 중국의 화법을 소화하는 한편 이론적 바탕에 근거를 두고 화가의 개성을 표현한 묵란화의 발달이 이루어졌다고 볼 수 있다. 조선 말기에는 사군자 그림이 일반적으로 어느 때보다 널리 행하여졌고 따라서 묵란화도 크게 성행하였으며, 후기 묵란화의 토대 위에 더욱 개성 표현이 강한 작품들이 많이 나오게 된다. 이 때의 가장 대표적인 인물로 이하응李昰應과 민영익閔泳翊을 들 수 있는데, 이들의 묵란은 양식적으로 좋은 대조를 이룬다. 즉, 이하응의 난초는 동적 구도, 많은 수의 난엽, 난엽의 심한 비수 등의 특징을 보이는 반면, 민영익의 그림은 뭉툭하고 비수가 없는 난엽을 보인다. 그밖에도 김응원金應元·방윤명方允明·김용진金容鎭 등이 묵란으로 유명하다

蘭
畵

짙 푸르게 무성히 뻗은 잎 붉게 연하게 물든 꽃
그윽한 향기 부질없이 숨기지만
바람이 그윽한 향기를 숨기려 하겠는가 －楊萬里－ (59×34㎝)

혜란蕙蘭은 깊은 숲에서 자라나
뿌리를 서리고 깊은 향기香氣를 토한다 (34×45㎝)

그윽한 蘭草 깊은 숲 남쪽에 자라서
맑은 이슬 따스한 바람에 향기를 발한다 (34×34㎝)

여름에 일기가 매우 무덥더니 아침에 가랑비가 내리자 제법 상쾌한 뜻이 있었다.
내가 몽당 붓을 잡고 蘭草와 대나무 등 여러 화초 네 댓 폭을 붓가는 대로 그렸으
니 혹시 볼만한 것이 있을지 모르겠다 한바탕 웃고자한다 ―姜世晃― (45×35㎝)

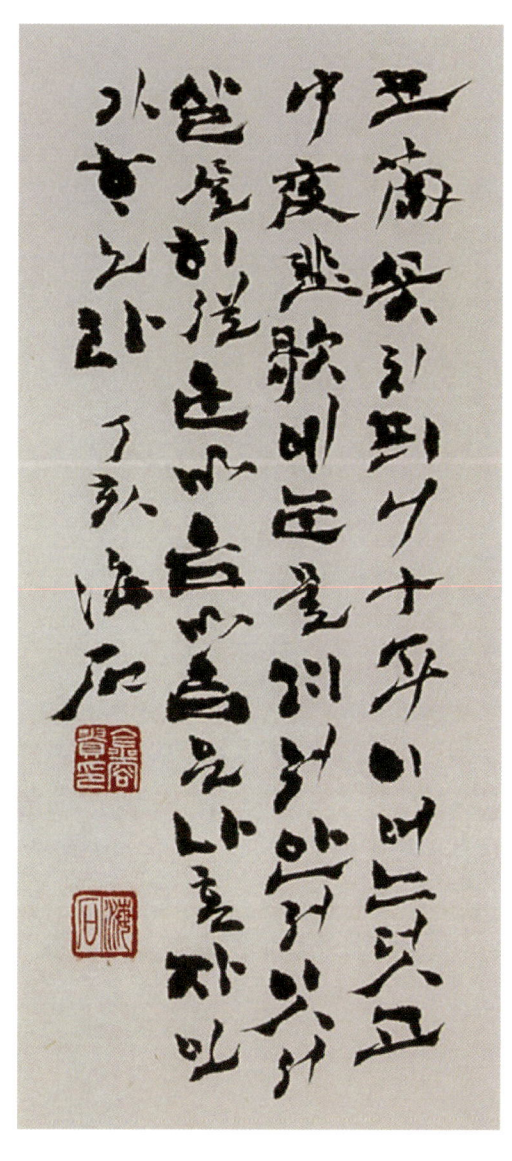

옥란玉蘭 꼿치 픠니 十年이 어느덧고
중야비가中夜悲歌에 눈물겨워 안저잇서
살뜰히 설운마음 마음은 나혼자 인가ᄒ노라 ―옛시조― (34×67㎝)

🔸 잎은 짧지만 꽃은 길다오 그 힘을 모아서 그 꽃을 피웠네
　꽃이 방에 있나니 향기 집에 가득하네 −鄭燮− (68×34㎝)

서늘한 이슬에 맺힌 蘭草

그윽한 향기 가득하네 (50×25㎝)

 깊은 골짜기 향기로운 바람은
자색란紫色蘭의 꽃향기 (21×33㎝)

따뜻한 바람 푸른 골짜기에 불어오니
蘭草와 두견화 날로 더욱 한창이다
해가 다하도록 캐는이 없어
향기 머금은 자신만이 알뿐이네 －朱熹－ (26×68㎝)

선운산禪雲山이 운우雲雨에 잠기면
蘭은 더욱 푸르러 하늘거립니다 (45×34㎝)

빈산에 맑은 바람과 이슬
　자색紫色 꽃대에 가득이는 난향蘭香 (34×45㎝)

서늘한 이슬에 맺힌 난초 그윽한 향기
빈 골짜기에 가득하네 (30×38㎝)

 바람이 이니
    蘭이 향기를 발한다 (34×32㎝)

아름답고 그윽한 蘭 돌옆에 자라 자줏빛 줄기 푸른잎이 봄을 향해 피었네
늦게 갠 정원에 미풍이 일어나니 홀연히 맑은 향기 대숲을 넘어오네 ─文嘉─ (33×66㎝)

 맑은 바람에 머무는 혜란蕙蘭의 향기
온 숲에 가득 하여라 (47×41㎝)

蘭을 치면 추사秋史가

정판교鄭板橋가 그립습니다 (34×34㎝)

山深日長　人靜香透

산이 깊어 날이 길고 인적이 고요한데 향기가 스며드네 —秋史— (60×20㎝)

清風披拂自多思 斜日淡雲香滿林

맑은 바람이 휘저어 지나가니 스스로 생각하는 바 많고
석양의 맑은 구름 아래 숲속에는 향기가 가득하다 (34×45㎝)

世外隱君子

세상밖에 은둔한 군자 (29 × 34cm)

푸른 잎 푸른 줄기 바위 옆에 자라나
고고하여 뭇 꽃과는 함께 피지 않는다
술자리 거나하여 산 창 아래에 두루마리 펼치니
부드러운 향기가 종이위에 스며오네 ─董其昌─ (72×45㎝)

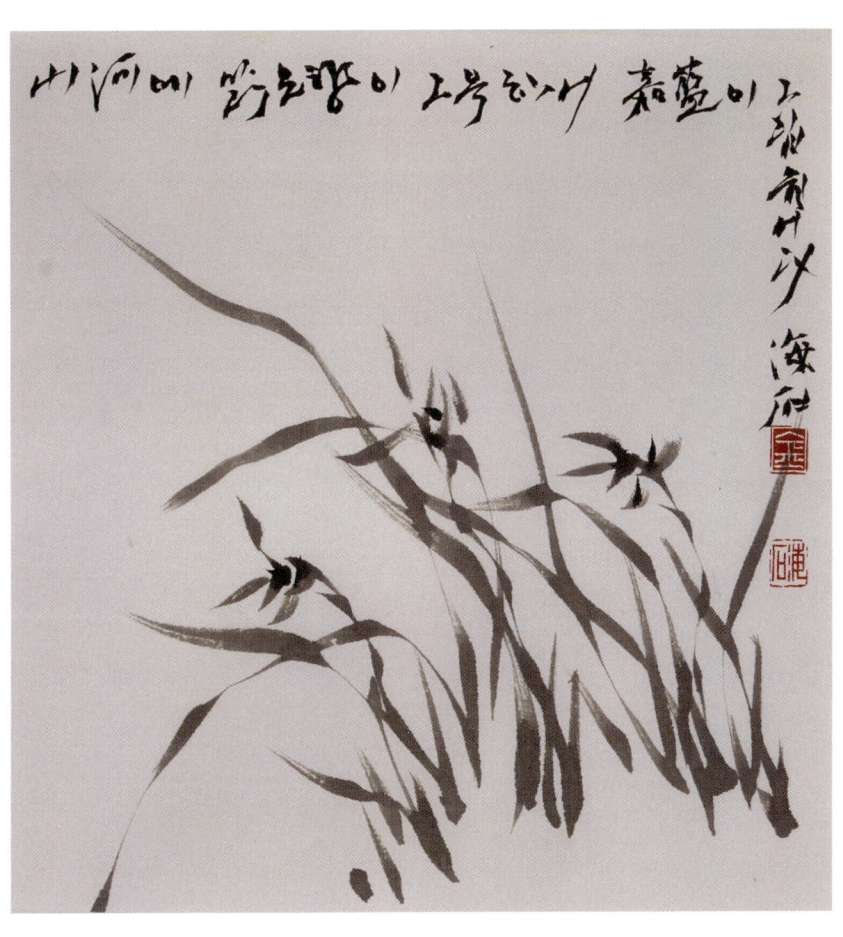

산하山河에 맑은 향이 그윽하니
가람嘉藍이 그립습니다 (33×27㎝)

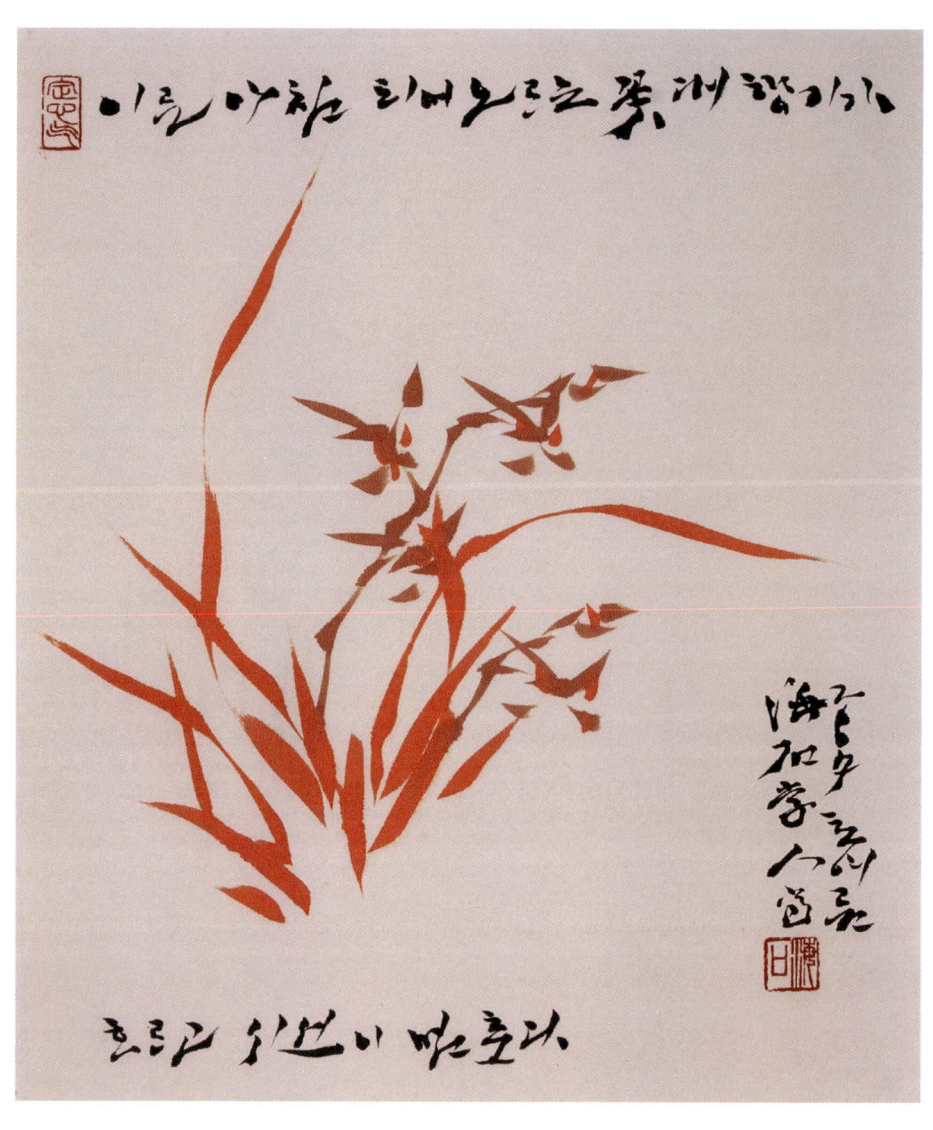

이른 아침 피어 오르는 꽃대
향기가 흐르고 시선이 멈춘다 (35×43㎝)

 소슬한 가을바람이 숲을 스치면

蘭草의 청향淸香이 가슴으로 번진다 (52×45㎝)

蘭草　향기그윽하여라　(30×30㎝)

깊은 산골에 오랜 바위 그윽한 난잎 길게 자라니
바라보기만 해도 화했을 테지만
오래도록 향기를 모른다오 ―신광한― (46×63㎝)

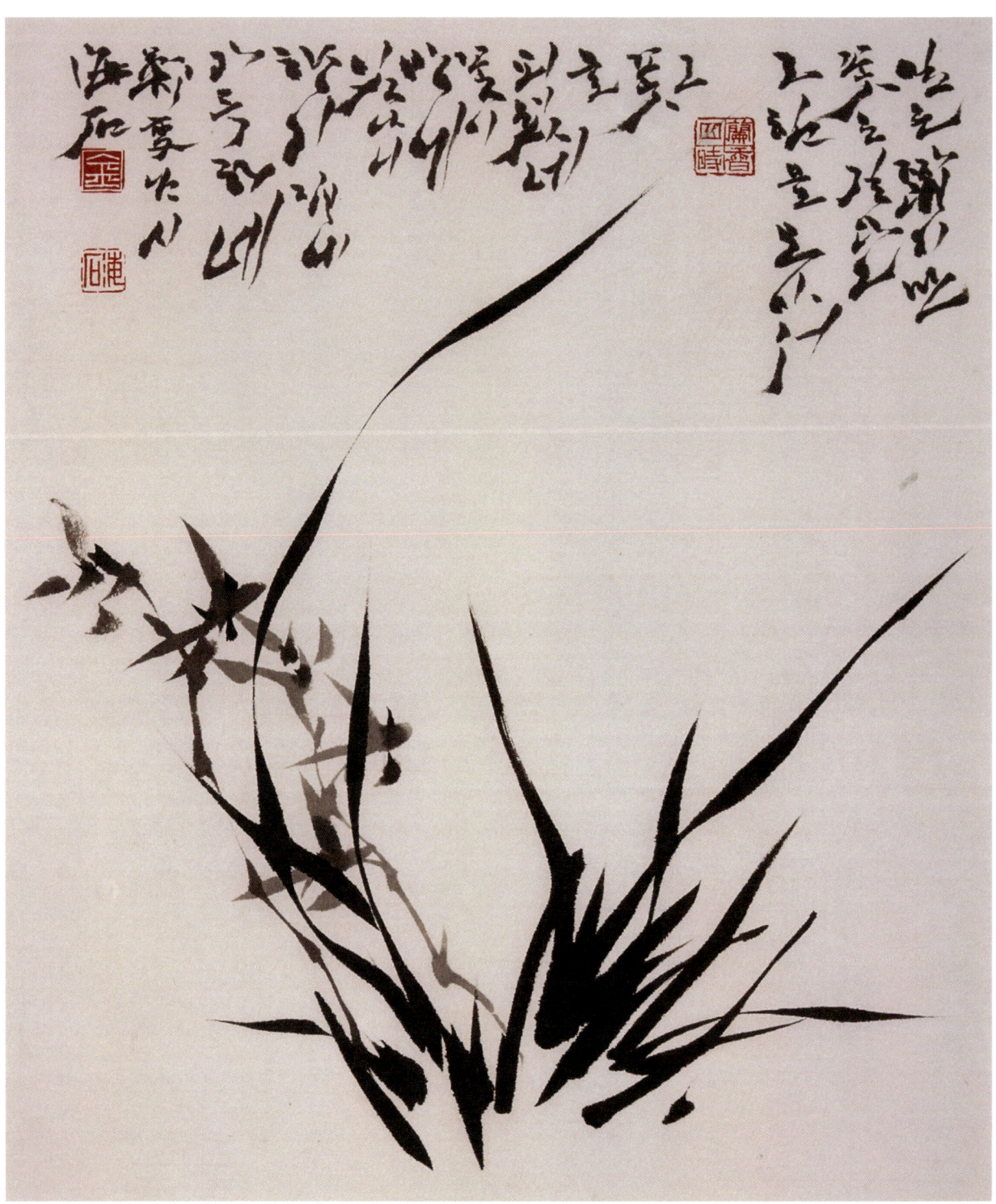

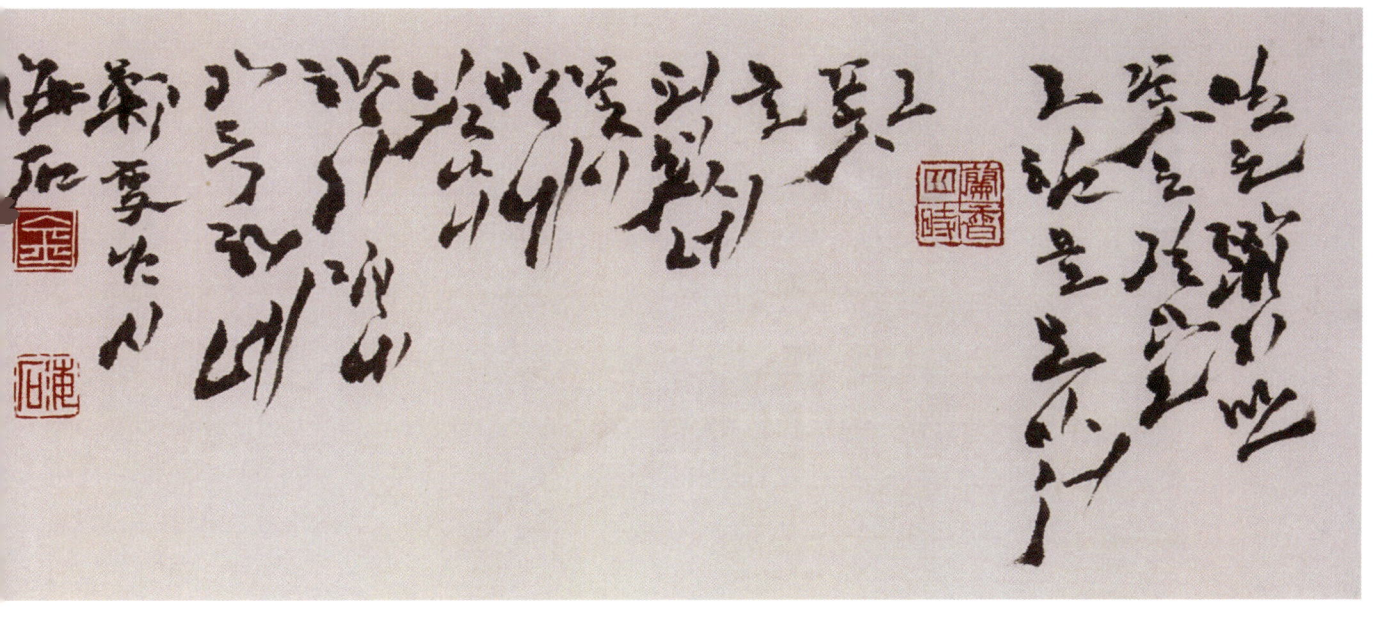

잎은 짧지만 꽃은 길다오 그 힘을 모아서 그 꽃을 피웠네
꽃이 방에 있나니 향기 집에 가득하네 －鄭燮－ (34×42㎝)

선운산禪雲山이 운우雲雨에 잠기면
蘭은 더욱 푸르리 하늘거립니다 (55×25㎝)

이른 여름 꽃잎지는 소리에

놀래는 숨결 蘭은 흔들리며 봄날이 간다 (27×66㎝)

바위틈에서 성근 꽃이 수척하게 피어있고
바람 속에서 가는 잎이 길게 뻗어있네 (34×53㎝)

[한자 인장 및 필서]

이른 아침 피어오르는 꽃대

향기가 흐르고 시선이 멈춘다 (34×45㎝)

그윽한 蘭 빈골짜기에 자라고 흰구름은 높은 산에 있는데

蘭草 향기는 몸에 지닐만하고 구름 그림자는 헤치고 오를 만하네

저 아름다운 사람 보고 싶어서 쫓아가려 하지만 길이 험해라 −洪良浩− (34×50㎝)

蘭花一朵滿堂香

한 떨기의 난화 향기 온 집안에 가득하다 (43×20㎝)

五月 붉은 빛으로 피어나
숲은 蘭향으로 가득하여라 (25×31㎝)

무성한 난초는 은자의 지조를 지녔으며
푸른 대나무는 군자君子의 덕을 품고 있다 (28×59㎝)

무릇 난초蘭草를 그리고 돌을 그리는 것은 그것으로 하여
천하의 수고로운 사람들을 위로하기 위함이라 ―又峰― (46×77㎝)

 하늬바람에 이슬내린 깊은 숲
　　蘭향기 그윽하여라 (46×34㎝)

맑은 바람에 흔들리는 잎새
　꽃대에 가득이는 蘭香 (34×45㎝)

 선운산禪雲山에 蘭香이 잠기면

　　동백꽃 사이로 미당未堂이 살아옵니다 (59×41㎝)

아름다운 햇살에 그림자 흔들리고
부드러운 바람에 향기가 풍기네 ─太宗─ (51×34㎝)

사랑스럽고 군자君子다운 꽃이

서풍西風에 향기를 발한다 (34×34㎝)

해 저문 가을산의 돌 틈에
그윽한 난 꽃송이 나를 향하네 (44×34㎝)

 바람에 춤추는
향기로운 蘭草 (20 × 46cm)

깊은 산중山中에

피어난 蘭 진한 향기를 발하네 (35×45㎝)

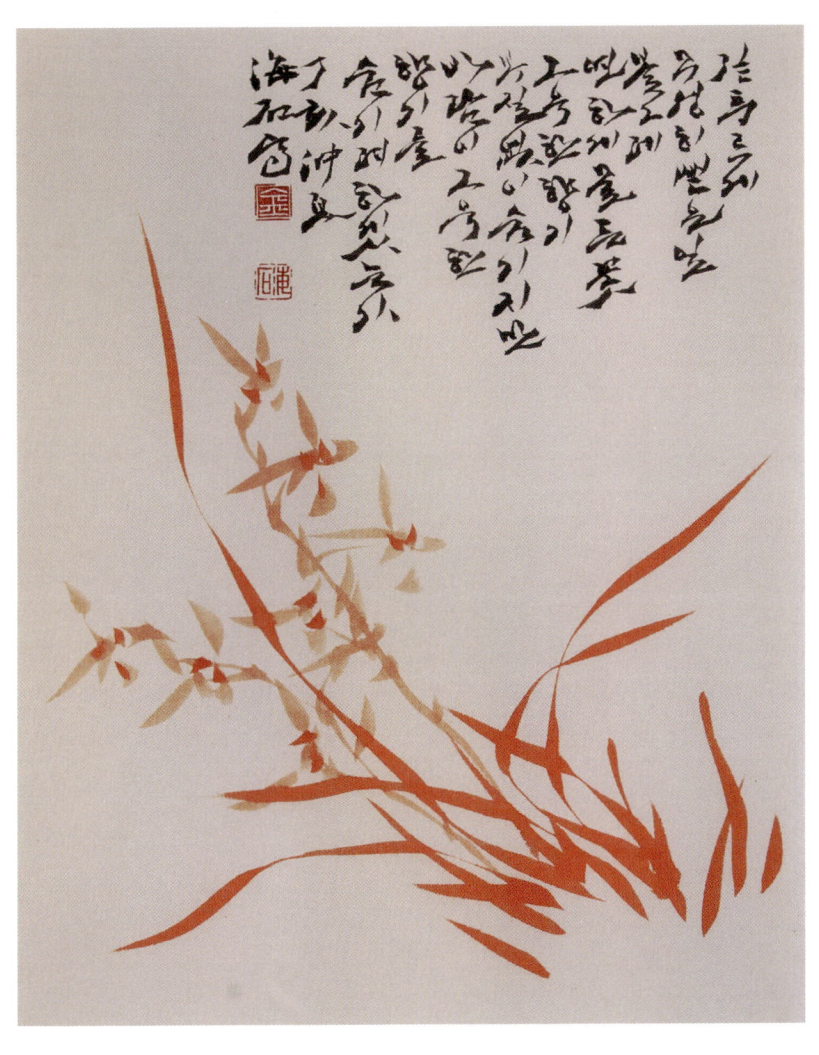

 짙푸르게 무성히 뻗은 잎 볼그레 연하게 물든 꽃

그윽한 향기 부질없이 숨기지만

바람이 그윽한 향기를 숨기려 하겠는가 －楊萬里－ （33×44㎝）

노석老石에 조화필造化筆로 비단 바탕에 옮겼도다

미재美哉라 사란寫蘭이 개유향豈有香가마는 암연습인暗然襲人하더라   −安玟英− (43×28cm)

잔설殘雪이 먼산에 그윽하나

매화梅花는 피어나고 蘭草는 푸르럿다

복분자覆盆子 술잔에 춘흥春興 겨워하노라 (26×68㎝)

하얀 여백餘白으로 번지는 먹빛

한 촉의 蘭이 향을 발한다 빛을 발한다 (35×45㎝)

蘭草는 꽃이되어 산방山房에 있건만
가을바람 어디쯤에 사람의 애를 끊는가
풍상 앞에 쉽사리 꺾인다 할 양이면
이리도 오래도록 향기를 담길까 －權敦仁－ （42×22㎝）

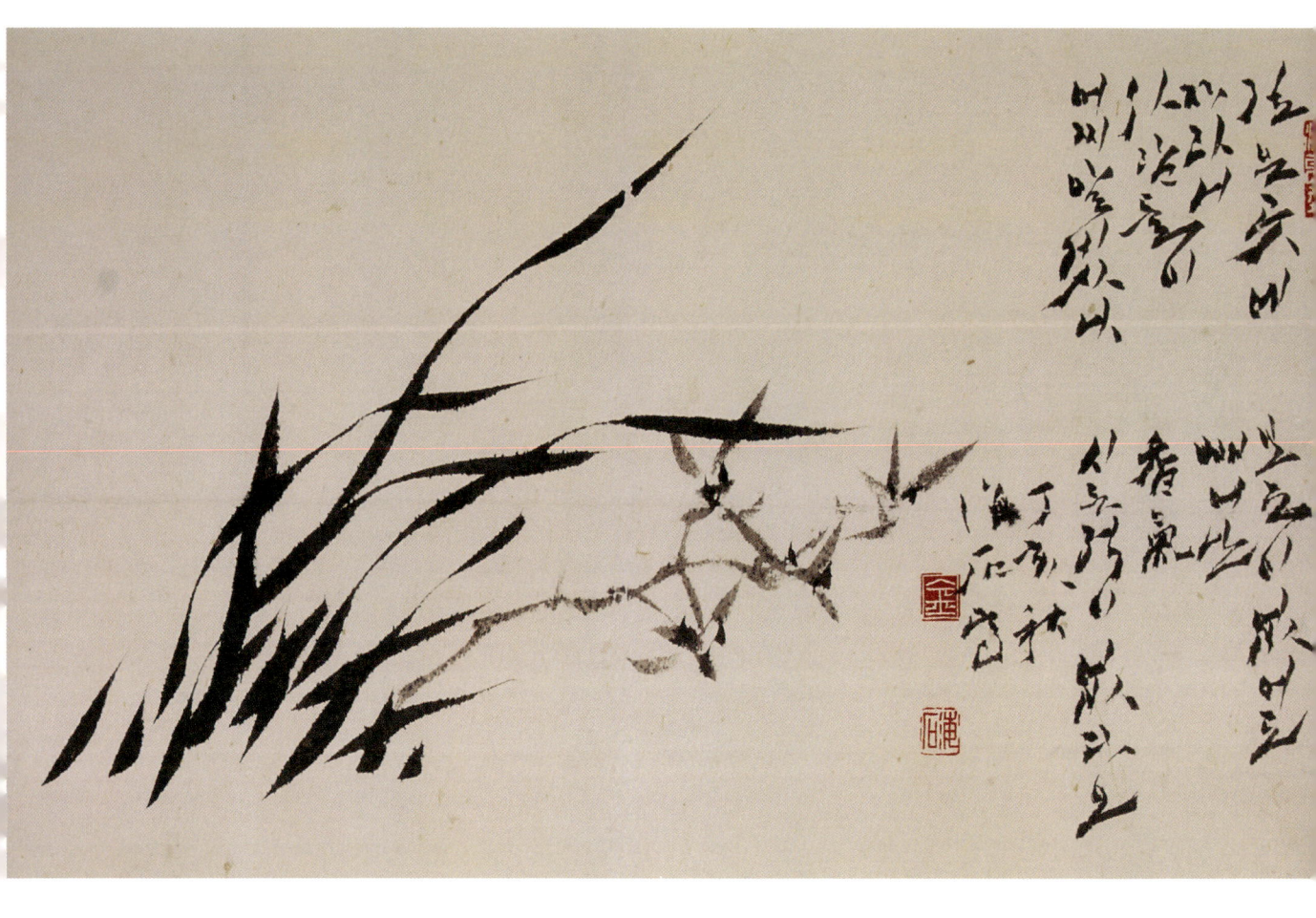

깊은 곳에 자라니 사람들이 어찌 알겠나
보는 이 없어도 빼어난 향기 시든 적이 없다오 (57×31㎝)

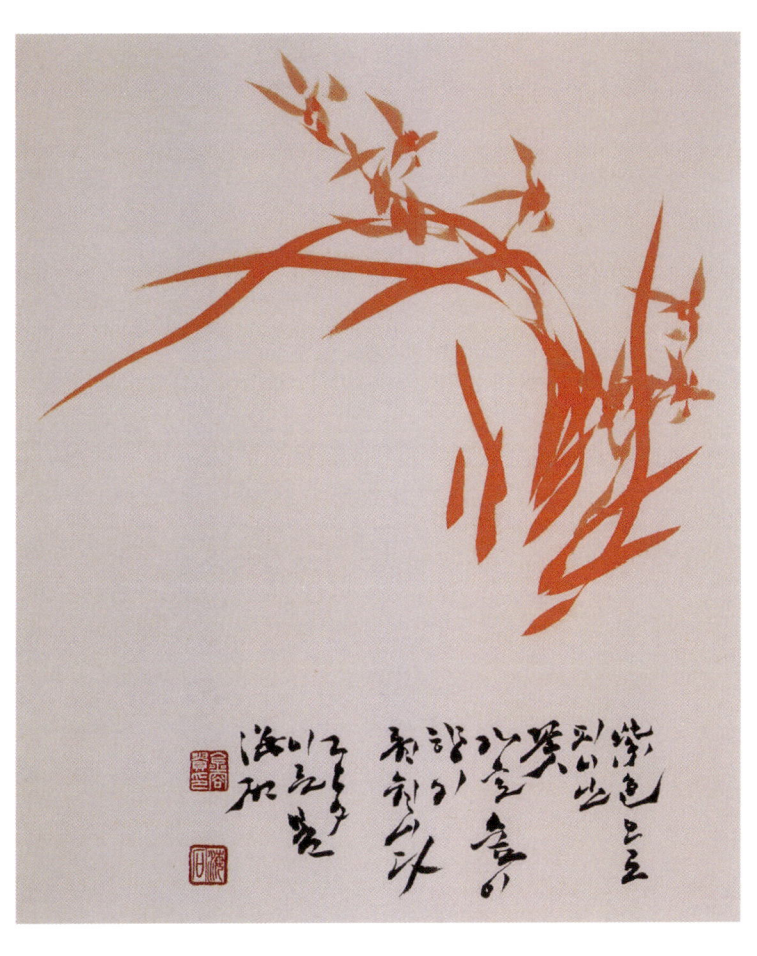

자색紫色으로 피어난 꽃

가을 숲이 향기롭습니다 (35×44㎝)

오월五月 그 붉은 빛으로 피어나

숲은 蘭향기로 그윽하여라 (47×29㎝)

선운산禪雲山이 난향蘭香에 잠기면

동백꽃 사이로 미당未堂이 살아옵니다 (45×34㎝)

 蘭

맑은 바람에 그윽한 향기香氣 (29×34㎝)

유란幽蘭이 재곡在谷ᄒ니 자연自然이 듣디됴해

백운白雲이 재산在山ᄒ니 자연自然이 보디됴해

이듕에 피미일인彼美一人를 더욱닛디 몯ᄒ애 —退溪— (34×66㎝)

 깊은 골짜기 蘭은 보이지 않으나
해탈한 맑은 향기는 숲에 가득하네 (45×22㎝)

봄빛 깊어지는 빈산에

자색란紫色蘭의 향기 그윽하여라 (29×53㎝)

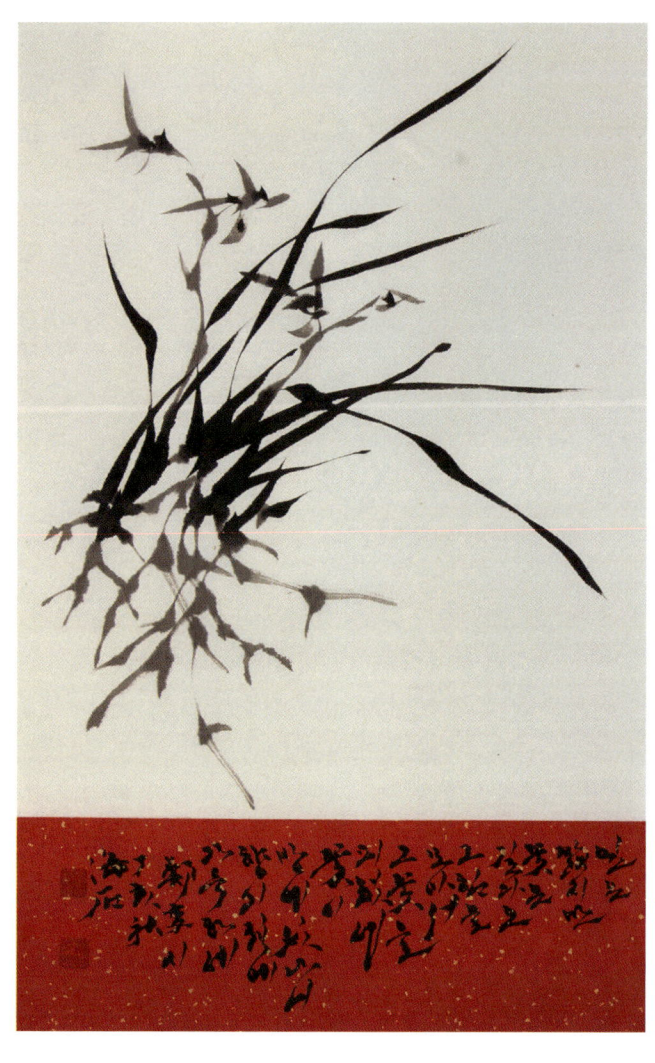

잎은 짧지만 꽃은 길다오

그 힘을 모아서 그 꽃을 피웠네

꽃이 방에 있나니 향기香氣 집에 가득하네 　－鄭燮－ （34×53㎝）

 돌틈에 蘭草는

바람과 햇살을 그리워한다 (30×45㎝)

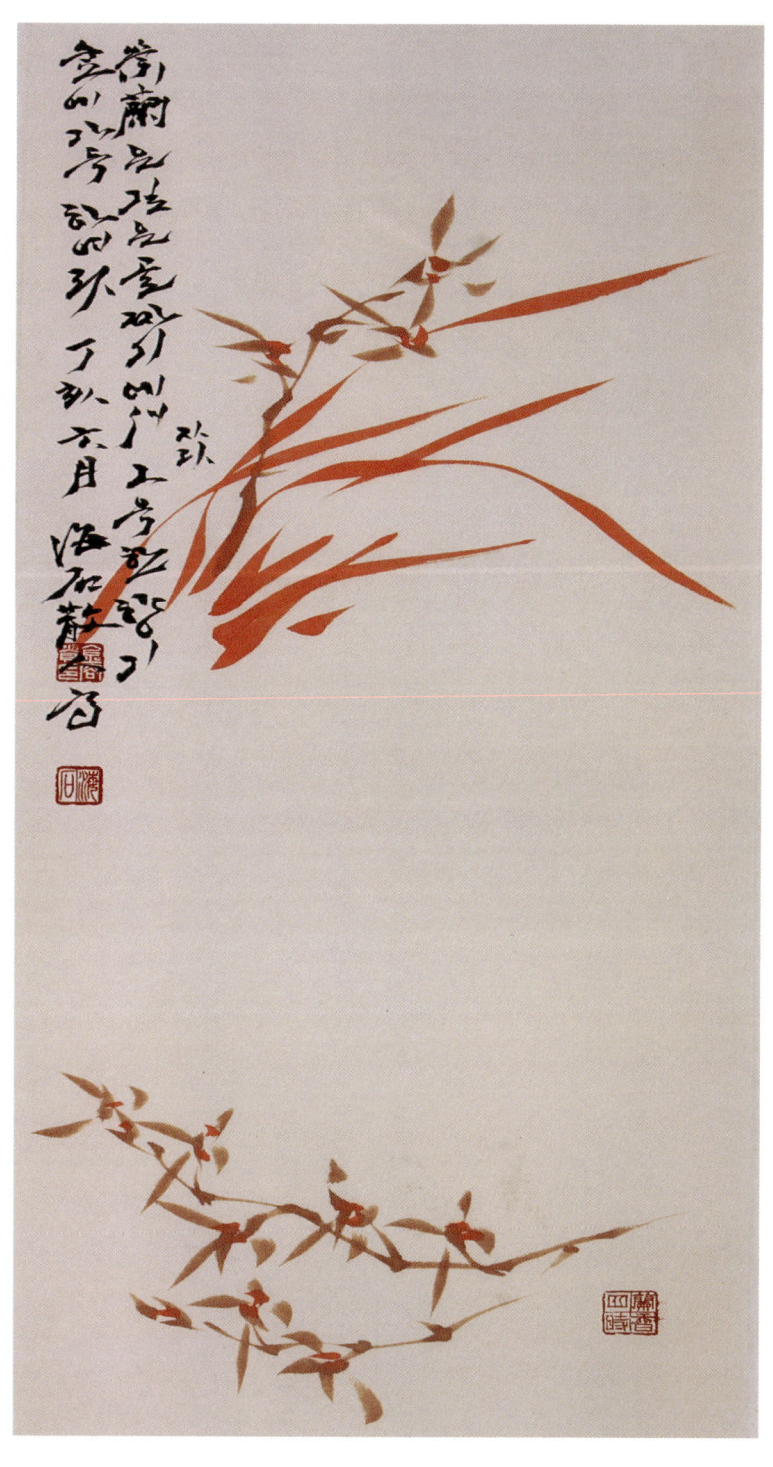

빈인골 외로운싹 녯뿌리를 구지지켜

밟아도 맑은 향내 남 모른다

꽃 안픠라 자랑에 살랴는 무리 이뜻 어이 알리오

동국東國에 업는 蘭草 비슷하다 긔일쏘냐

북도는 이한 꼿이 달른채로 국향國香이라

속헤쳐 난심蘭心 일진데 이 진란眞蘭가 하노라 　－舊園－ 　(77×34㎝)

청초한 蘭香난향이

숲을 깨운다 (34×38cm)

가을난 너댓줄기 심었더니
성근발 아래에서 마음을 사로잡네
서늘한 바람 일지 않게 하여
그윽한 향기 늦도록 맑게 할 수 있을까 —朱熹—
(26×68㎝)

 숲길에 하늘이 열리고

난향蘭香이 밀려온다 (45×34㎝)

맑은 바람은 푸르른 잎새에 스미고
영롱한 이슬은 자색紫色 꽃잎에 맺히네 (47×42㎝)

가을난 번갈아 향기 풍기니 꽃다움 옷깃에 가득차도다

생각건대 그대는 빈집에서 쓸쓸한 초객의 마음이라네 ―朱熹― (27×65㎝)

春蘭如美人　不採香自獻

춘란은 여인과 같아서

껍지 않아도 스스로 향기를 바친다 (33×66㎝)

 아름다운 햇살에 그림자 흔들리고
부드러운 바람에 향기가 풍기네 (34×34cm)

이슬 맺혀 어지러이 빛을 발하고
바람불어 그림자 저절로 기우네
속세 사람들이 어찌 이를 깨닫겠는가
난잎을 봄이 꽃을 보는 것보다 낫다는 것을 ―張羽― (47×29㎝)

깊은 숲에 향기로운 바람은
자색란紫色蘭의 꽃향을 가득 지니다 (29×45㎝)

대한大寒에 산하山河는 비에 잠기고
법화산 잔설殘雪이 눈에 들어오는데
蘭草는 꽃대를 살며시 내민다 (29×45㎝)

깊은 산골에 오랜 바위 그윽한 蘭잎 길게 자라니

바라보기만 해도 화했을 테지만

오래도록 향기를 모른다오 －신광한－ (33×56㎝)

그윽한 난초蘭草 계곡에 자라 골이 깊고 뭇풀이 우거졌는데

비와 이슬이 길러주어 뿌리 깊고 잎도 뻗어 있다오

가꾸는 사람의 힘 없이도 천연히 진한 향기를 품노라

다만 맑은 바람이 없다면 그 향기를 어떻게 전할지 －趙任道－ (83×33㎝)

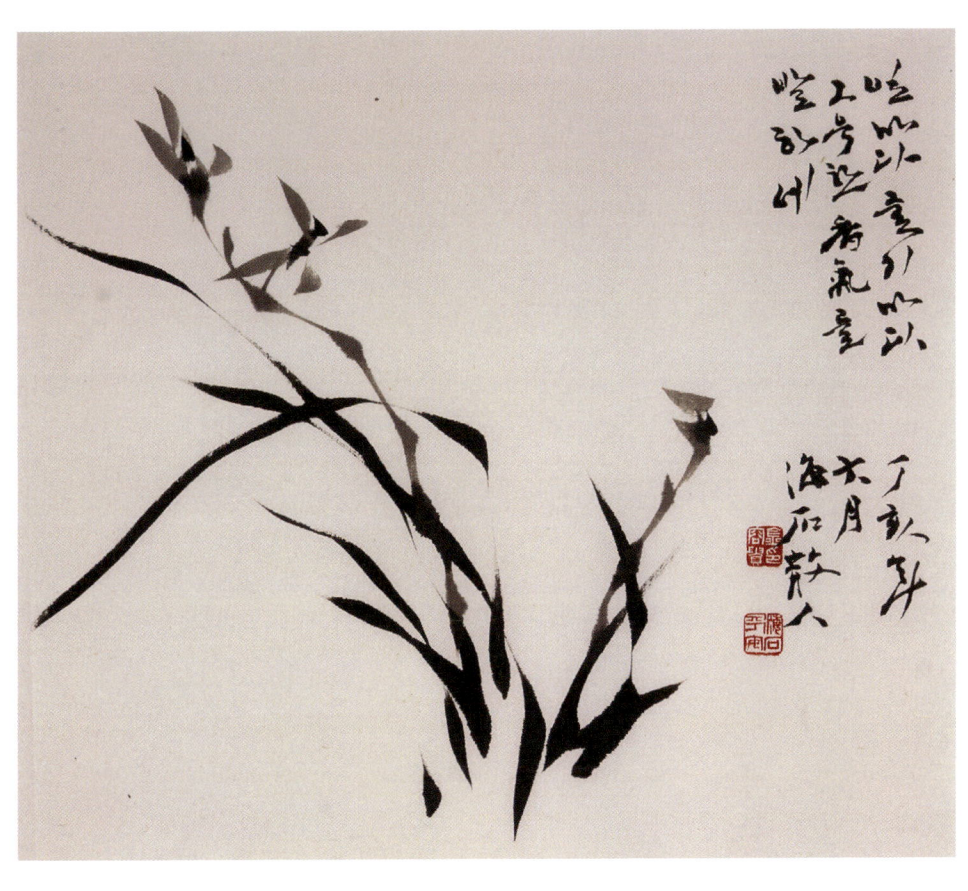

잎마다 줄기마다
그윽한 향기香氣를 발하네 (33×33㎝)

돌틈에 핀 蘭
바람에 향기를 발한다 (35×45㎝)

 매화梅花는 찬 기운으로 꽃이피고

난은 고요함이 꽃으로 피니 그 품위가 깊고 그윽하다 (29×27㎝)

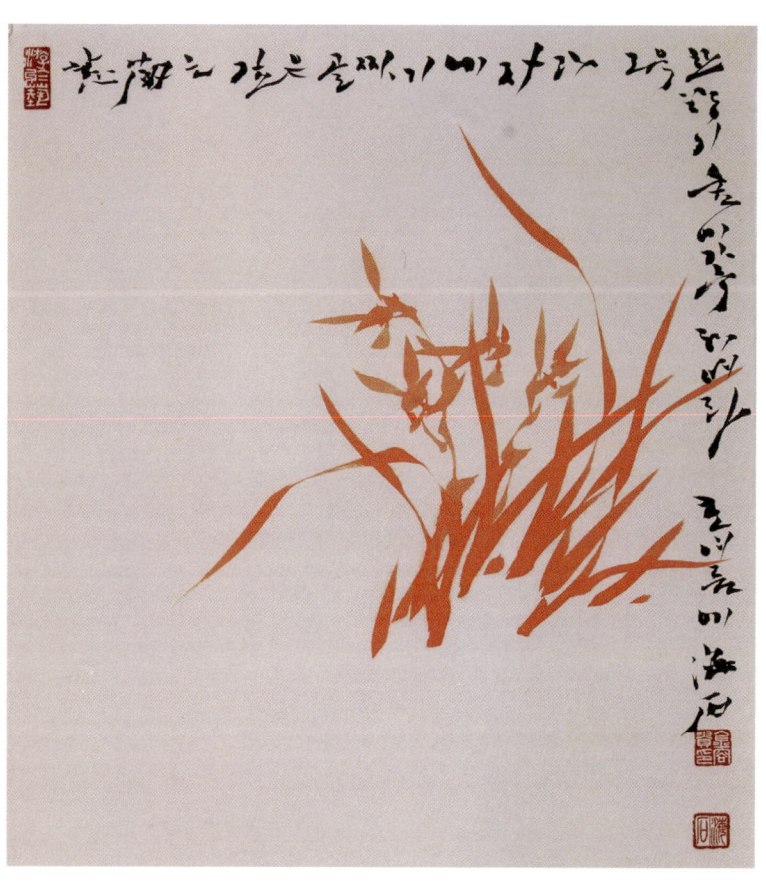

혜란蕙蘭은 깊은 골짜기에 자라

그윽한 향기 숲에 가득하여라 (35×46㎝)

꽃잎지는 소리에 놀래는 숨결

蘭은 흔들리며 고요한 五月이 진다 (34×43㎝)

가을산의 돌 틈에

蘭 향기 그윽하여라 (34×31㎝)

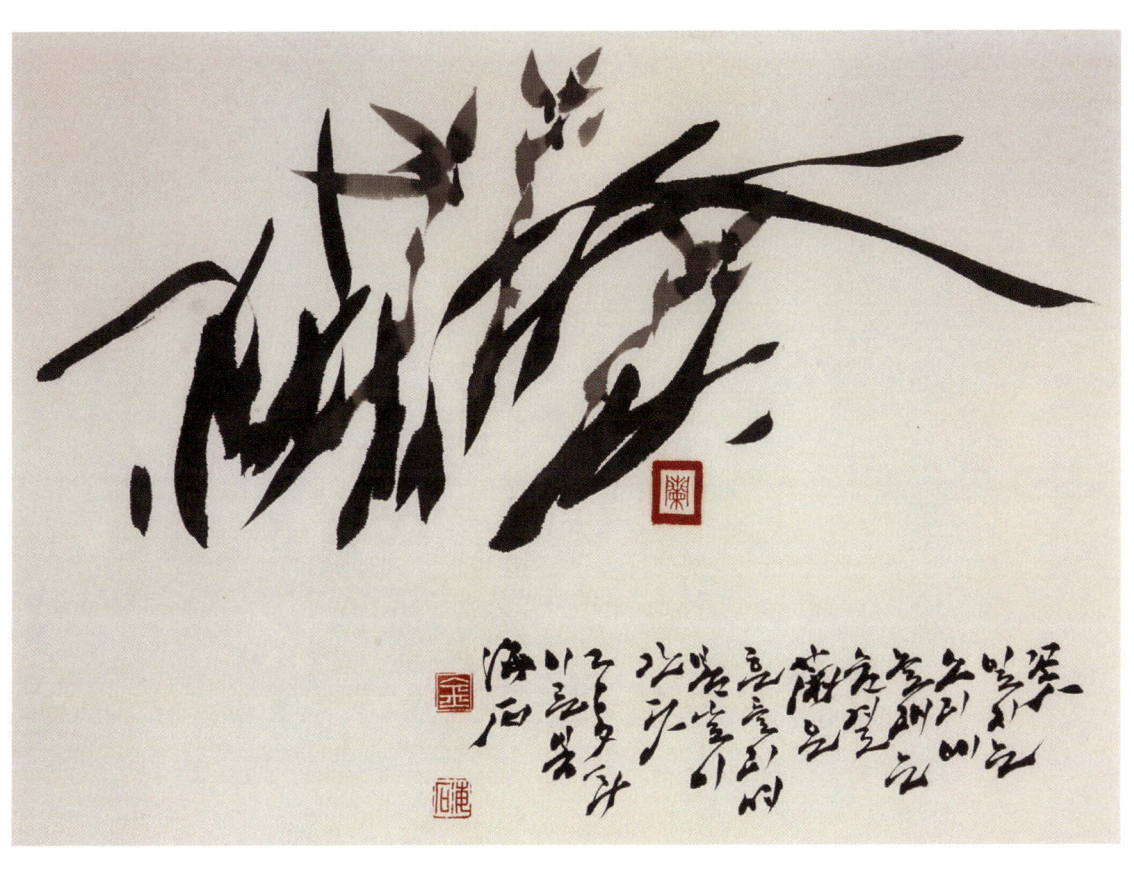

꽃잎지는 소리에 놀래는 숨결

蘭은 흔들리며 봄날이 간다 (45×35㎝)

 푸른 잎 푸른 줄기 바위 옆에 자라나

고고하여 뭇 꽃과는 함께 피지 않는다

술자리 거나하여 산창 아래에 두루마리 펼치니

부드러운 향기가 종이위로 스며오네 —董其昌— (45×48㎝)

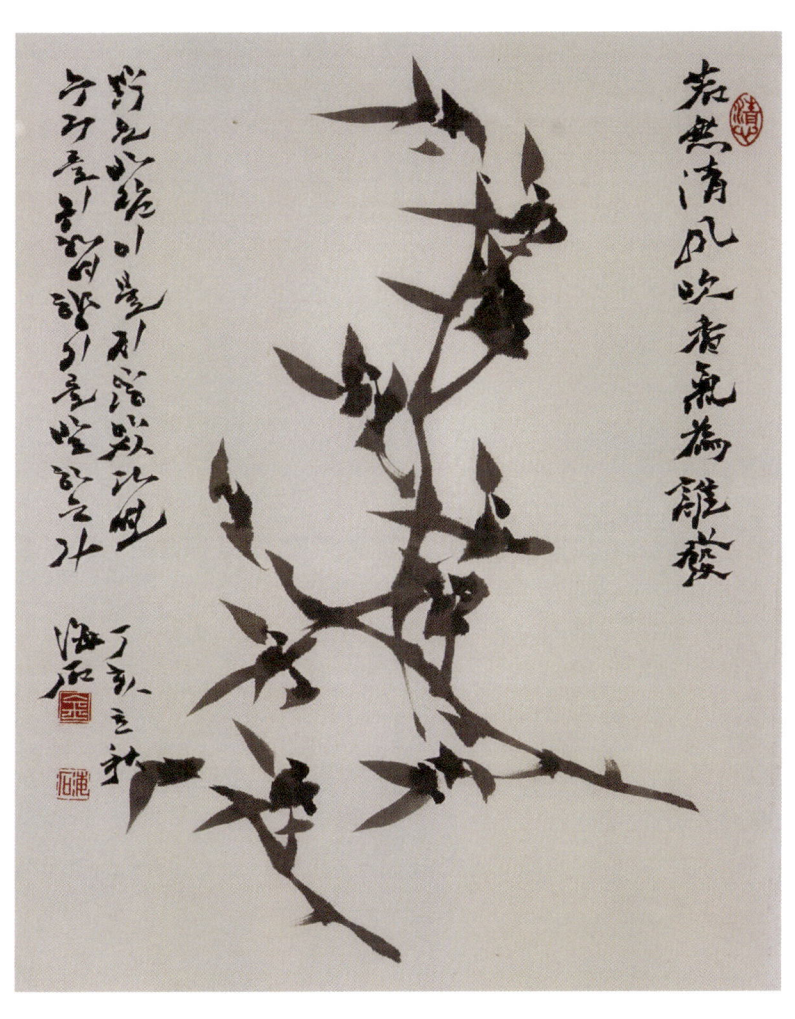

若無淸風吹　香氣爲誰發

맑은 바람이 불지 않았다면 누구를 위하여 향기를 발하는가 (34×45㎝)

소슬한 가을바람이 스치면
蘭草의 청향清香이 숲으로 번진다 (30×45㎝)

 蘭을 치면

　　秋史가 그립습니다 (34×34cm)

맑은 바람은 비취고리를 흔들고
서늘한 이슬은 푸른 옥玉에 맺히네
미인이 어찌 몸에 지니지 않으랴
그윽한 향기 빈 골짜기에 가득하다네 —唐彦謙— (55×31㎝)

입춘立春이 눈에 잠기고 찬기운이 창窓에 스민다

혜란蕙蘭은 움츠린다 (35×46㎝)

북풍北風이 눈을 모아 창窓에 부디치니
스미는 찬기운에 蘭草는 침노하네
蘭은 꽃대를 피려하는데 몸살한다 (26×62㎝)

石之體靜　蘭之氣淸　靜則壽　淸則香

　돌은 고요하고 난의 기운은 맑으니

　고요하면 장수하고 맑으면 향기롭다 (127×35㎝)

하늬바람 따라 영롱한 이슬 깊은 숲에 나리고
보아 주는 이 없어도 스스로 날리는 향기香氣 (30×45㎝)

조창강趙滄江이 매번 초서를 쓸 때마다
종이 끝에 간혹 蘭草와 대나무를 그렸는데
전하는 사람이 보물로 삼았다
섣불리 흉내를 내었으니 도리어 달아나는 사람이 있을까 두렵다 －姜世晃－ (26×64㎝)

깊은 산골의 오랜 바위에 그윽한 蘭 잎 길게 자라니

바라보기만 해도 화했을 테지만

오래도록 향기를 모른다오　－申光漢－　(40×60㎝)

115

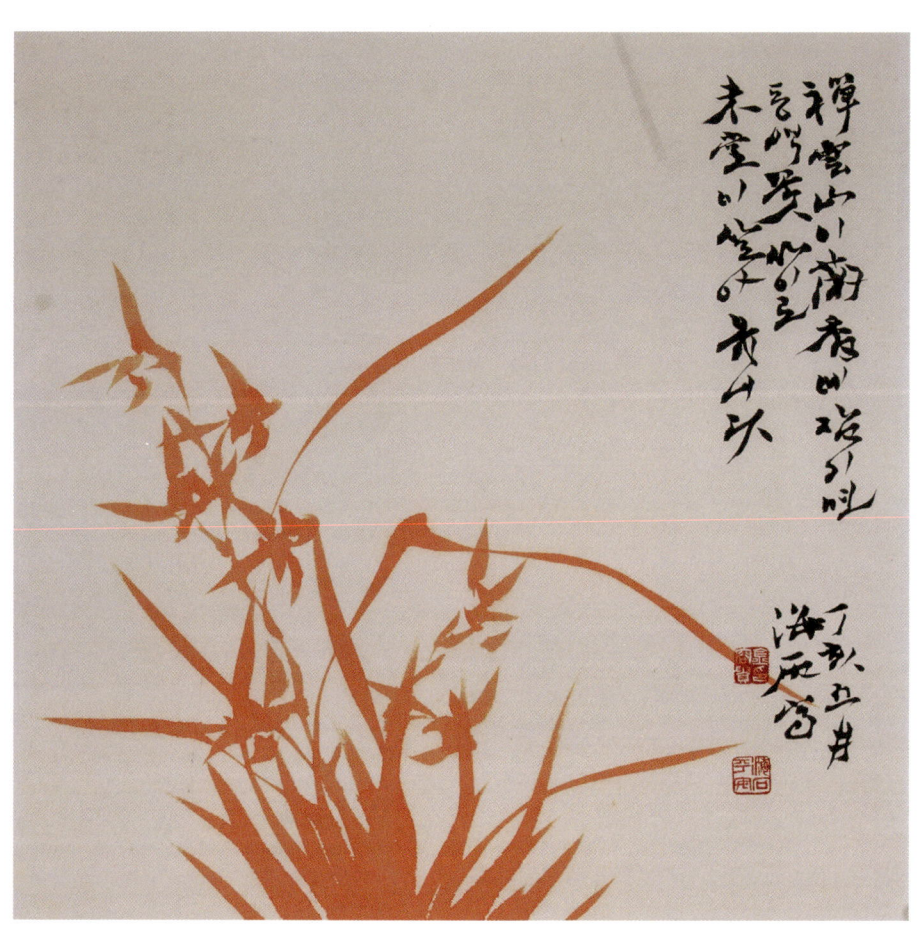

가을난 번갈아 향기 풍기니 꽃다움 옷깃에 가득차도다

생각건대 그대는 빈집에서 쓸쓸한 초객의 마음이라네 ─朱熹─ (45×33㎝)

그윽한 蘭草 계곡에 자라 골이 깊고 못풀이 우거졌는데
비와 이슬이 길러주어 뿌리깊고 잎도 뻗어 있다오
가꾸는 사람의 힘 없이도 천연히 진한 향기를 품노라
다만 맑은 바람이 없다면 그 향기를 어떻게 전할지 ―趙任道― (45×62㎝)

유란幽蘭이 재곡在谷ᄒ니 자연自然이 듣디됴해

백운白雲이 재산在山ᄒ니 자연自然이 보디됴해

이듕에 피미일인彼美一人를 더욱닛디 몯ᄒ얘 —退溪— (34×66cm)

![icon] 바람과 이슬속의
    맑은 향香 (34×30㎝)

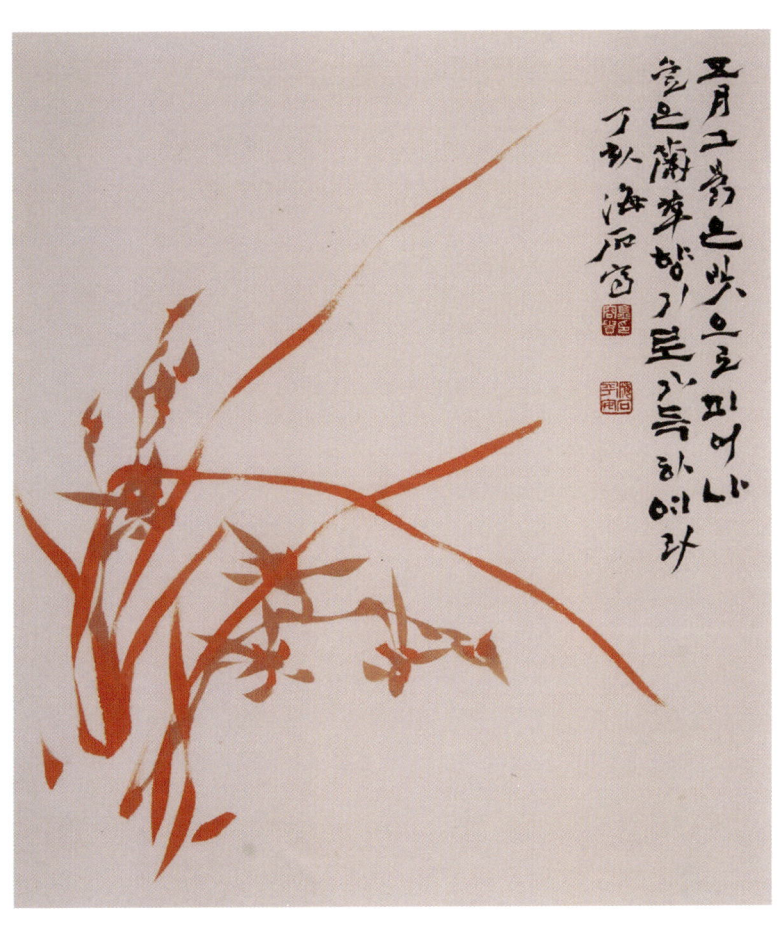

五月 그 붉은 빛으로 피어나
숲은 蘭草향기로 가득하여라 (35×45㎝)

서리가 내리고 얼음이 언 뒤에도
고결함이 한결 같다 (33×25㎝)

 봄 햇살에

　　蘭향이 그윽하여라 (34×45cm)

거울은 깨져도 빛을 바꾸지 않고
蘭은 죽어도 향을 바꾸지 않는다
비로소 알겠군 군자君子의 마음
사귐이 오랠수록 도가 더욱 드러남을 −孟郊− (45×34㎝)

바람과
이슬속의 맑은香 (35×27㎝)

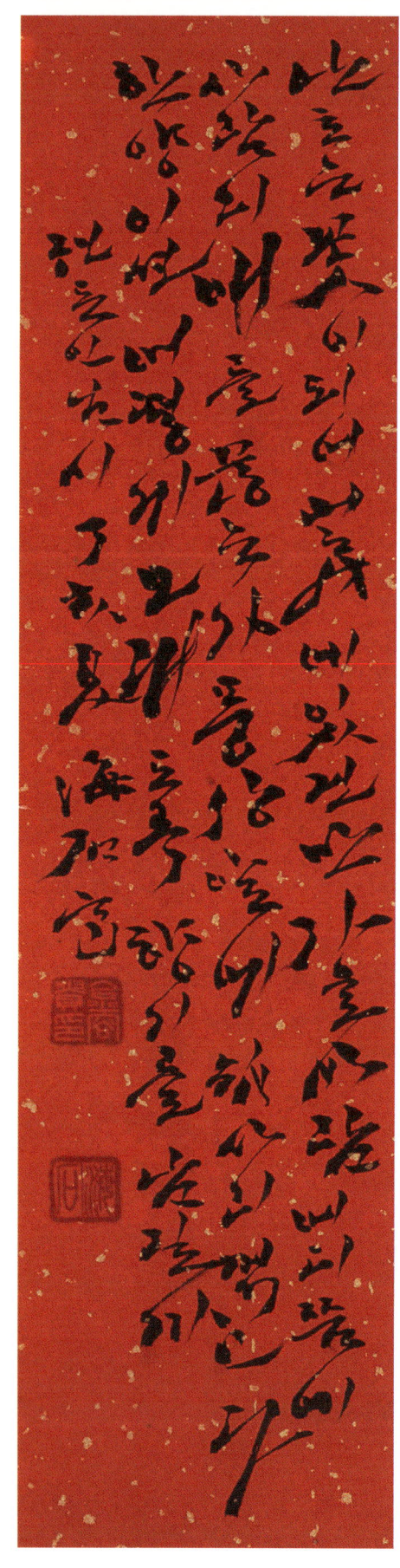

蘭草는 꽃이되어 산방山房에 있건만
가을바람 어디쯤에 사람의 애를 끊는가
풍상앞에 쉽사리 꺾인다 한 양이면
어떻게 오래도록 향기를 남길까 —權敦仁— (39×45㎝)

蘭草에 봄빛이 맺혀있고 자욱한 기운이 뭇 꽃을 뒤덮는다
문앞 섬돌 난잎에 이슬이 앉아있고
연못으로 난 길사이로 향기가 이어지네 ─無河─ (32×66㎝)

蘭이 골짜기에 자람이여 향기도 일어나도다
열렬하지 않으리오 가시덤불 곁에 있노라
蘭이 밭에 자람이여 향기도 그윽하도다
이를 따다가 몸에 그 향기를 지니노라
蘭이 휘장아래 자람이여 향기도 숭고하도다
무릇 군자들이 어찌 너의 마음에 공경치 않으랴 一申欽一（103×45㎝）

蘭花一朶滿堂香

한 떨기의 난화 향기 온 집안에 가득하다 (34×34㎝)

 북풍北風에 눈을 모아 창窓을 부디치니
　　스미는 찬기운에 蘭草는 침노하네
　　난은 꽃대를 피려하는데 몸살한다 (67×34㎝)

 서늘한 이슬에 맺힌 蘭草

그윽한 향기 빈골짜기에 가득하네 (47 × 39㎝)

봄빛에 산듯한 바람이 일어
蘭草는 향기를 발한다 (34×42㎝)

蘭을 내가 사랑하여
갑자기 두 눈이 밝아지네
엷고 푸른 잎은 흐트러져 있고
새로 피는 싹은 엷게 푸르구나
고요히 앉아 향기香氣 오기를
기다리니 마음이 저절로 맑아지네
ㅡ李穡ㅡ (34×66cm)

깊은 곳에 자라나 그윽한 향기를 품고 있으니
보는 이 없어도 빼어난 향기는 멈춘 적이 없어라 (43×28cm)

맑은 바람에 흔들리는 잎새
꽃대에 가득이는 蘭香 (38×30㎝)

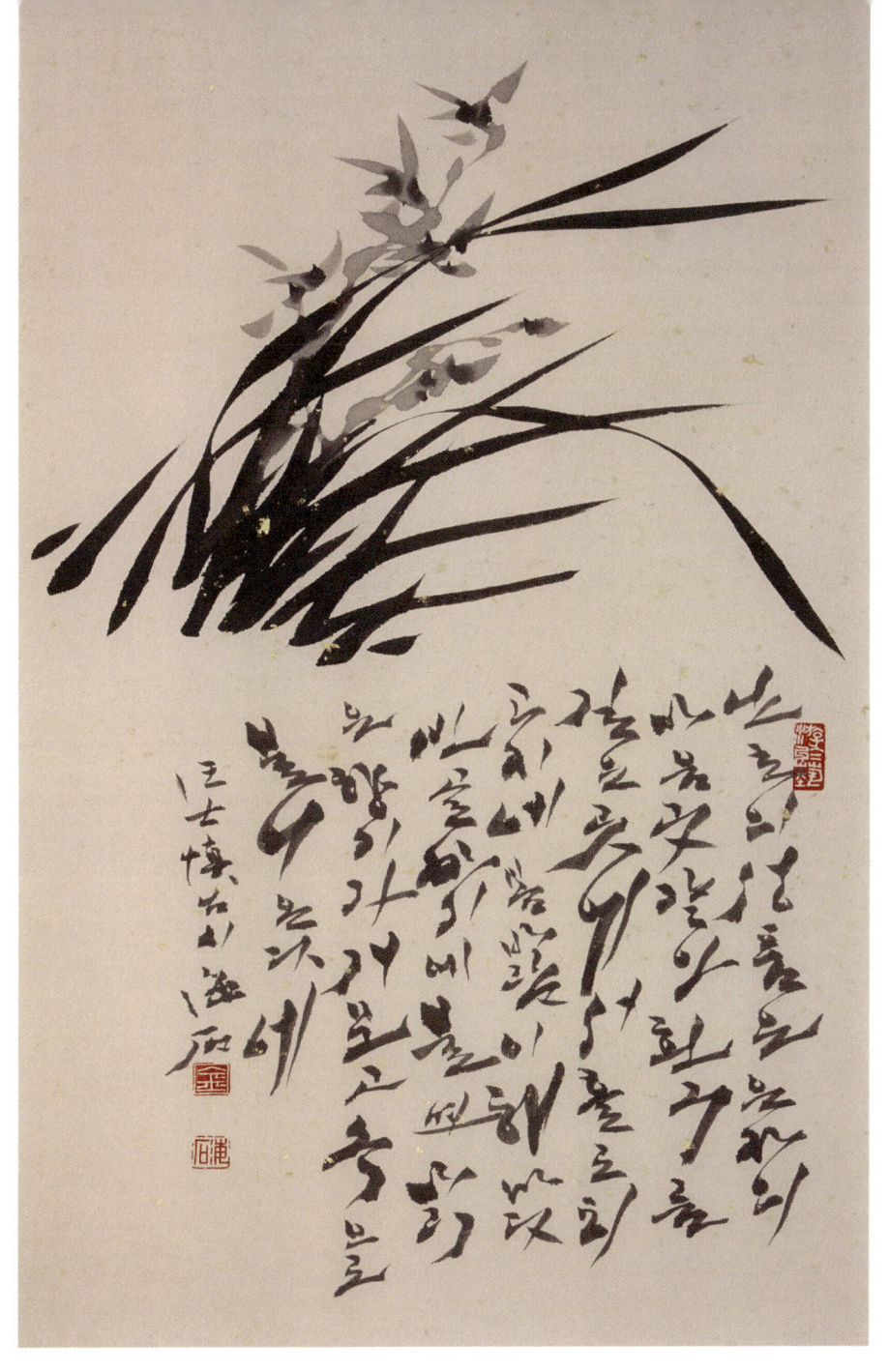

난초의 성품은 은자의 마음과 같아 흰구름 깊은 곳에서 홀로 피고 지네
봄바람이 해마다 빈 골짜기에 불면 맑은 향기가 거문고 속으로 불어온다네 －汪士愼－ (34×63cm)

앗갑다 저 蘭草야 잡풀속에 석겻고나
석기기는 석겻다만 본색本色 조차 변할소냐
아해兒孩야 잡풀베이다가 蘭草빌가 —옛시조— (34×45㎝)

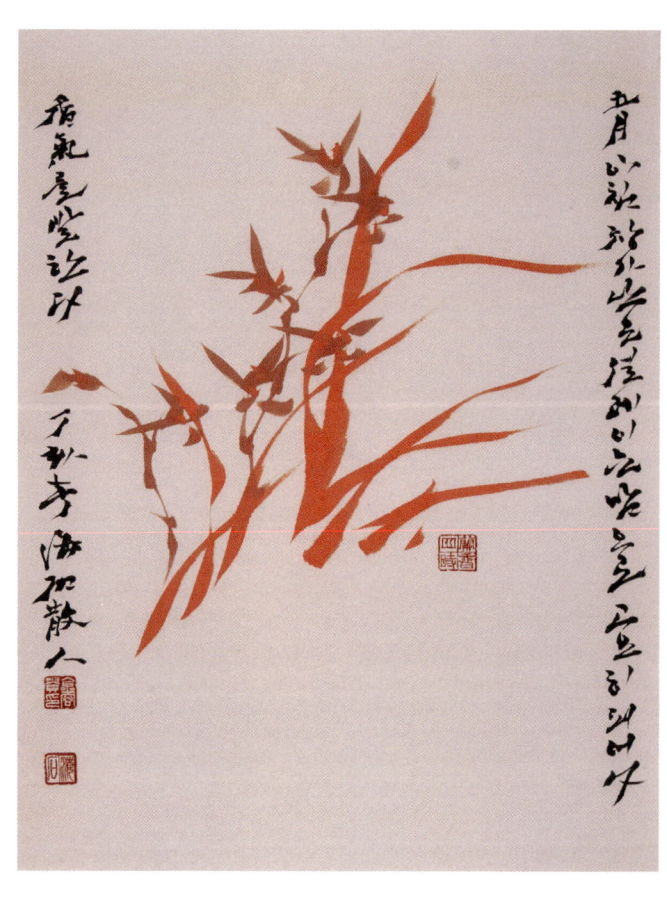

五月 아침 창가 난은 설레이는 맘으로
고요히 피어나 향기香氣를 발한다 (35×45㎝)

구름물결 출렁이는 넓다란 경호鏡湖

언덕위에 매화梅花요 진펄엔 蘭草구나

옮겨오고 싶건마는 일꾼이 없어

옥산玉山이 남긴 그림 빌려 간직한다 －李一源－ （23×45㎝）

바람이 청초한 잎에 스민다 향기다한 난이 지려한다
이제 운우雲雨의 정情은 어둠에 잠긴다 (18×33㎝)

清風披拂自多思 斜日淡雲香滿林

맑은 바람이 휘저어 지나가니 스스로 생각하는 바 많고

석양의 맑은 구름 아래 숲속에는 향기가 가득하다 (34×45㎝)

해마다 서리 내리고 바람이는 빈 골짜기
흩어진 풀 무더기에 여린여린 스미는 蘭 향기 (50×24㎝)

봄빛에 산듯한 바람이 일어
바위틈 蘭草는 향기를 발한다
(33×66cm)

芝蘭生於深林 不以無人以不芳

난초는 깊은 곳에 자라나 그윽한 향기를 품고 있으니

보는 이 없어도 빼어난 향기는 멈춘 적이 없어라 (44×22㎝)

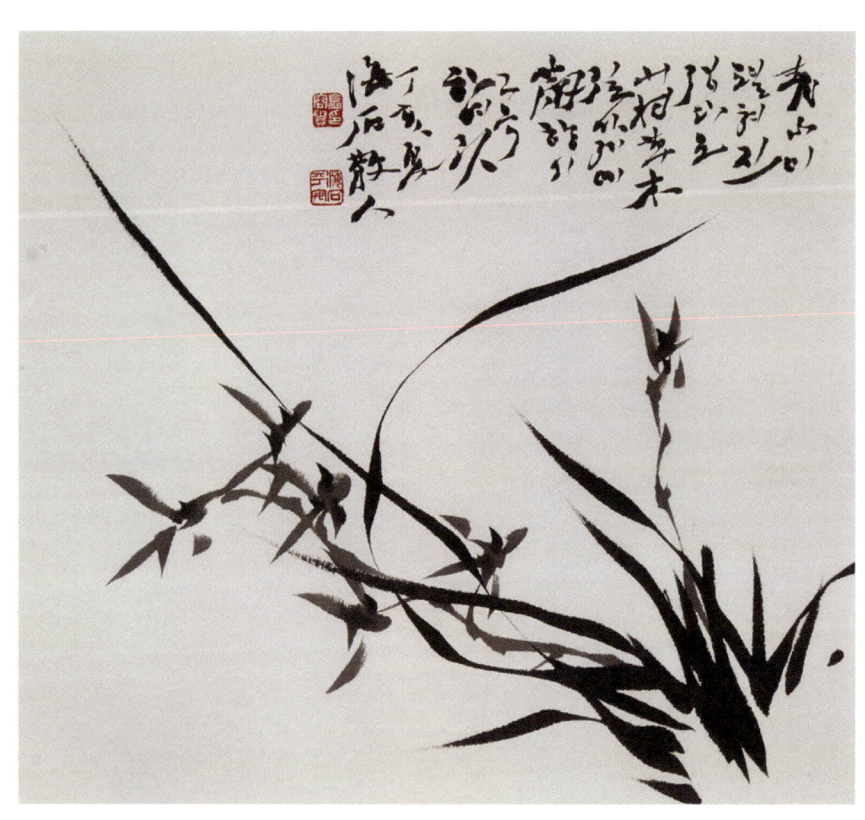

청산靑山이 펼쳐진 정다운 산촌초목山村草木

질마제에 蘭향기 그윽하여라 (41×33㎝)

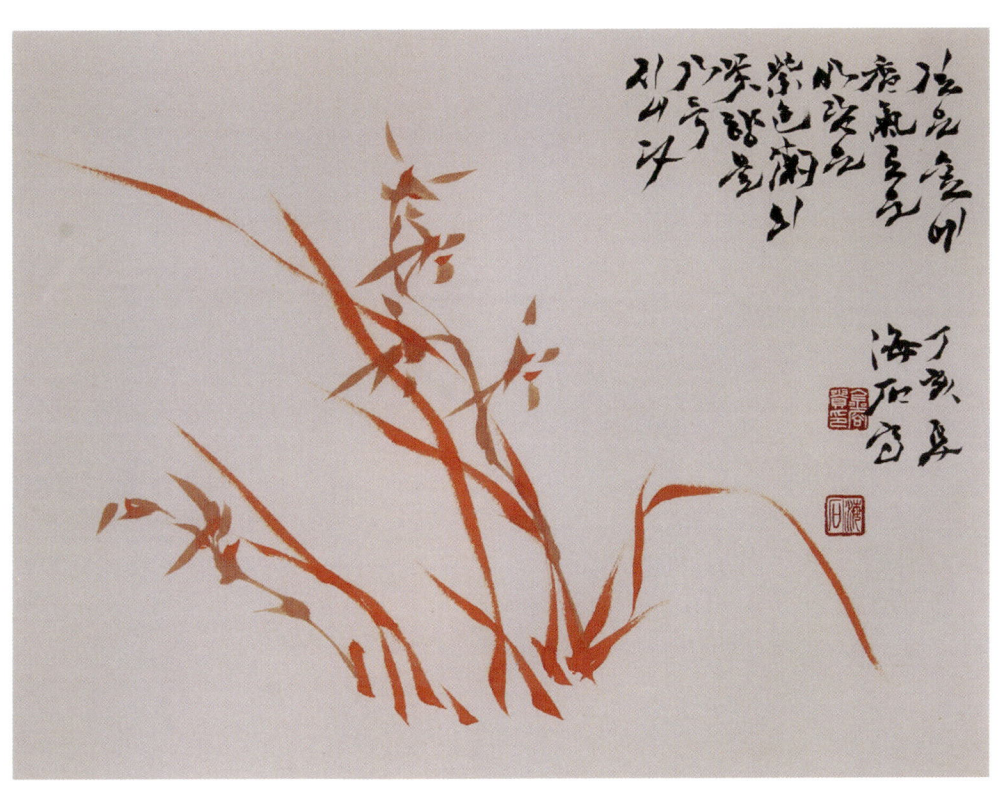

깊은 숲에 향기香氣로운 바람은
자색란紫色蘭의 꽃향을 가득 지니다 (46×33㎝)

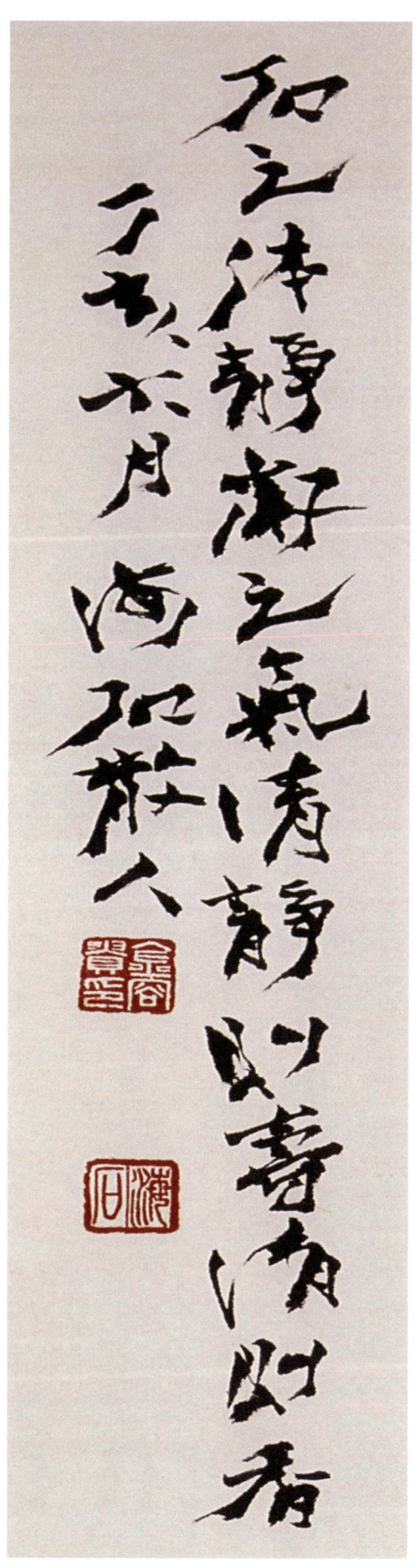

石之體靜 蘭之氣淸 靜則壽 淸則香
돌은 고요하고 난의 기운은 맑으니
고요하면 장수하고 맑으면 향기롭다 (41×73㎝)

봄 빛 깊어지는 빈산에
蘭 향기 그윽하여라 (38 × 28㎝)

깊은 골짜기 향기로운 바람은

자색란紫色蘭의 꽃향

구름처럼 비스듬이 기대는 푸르른 대공 (35×45㎝)

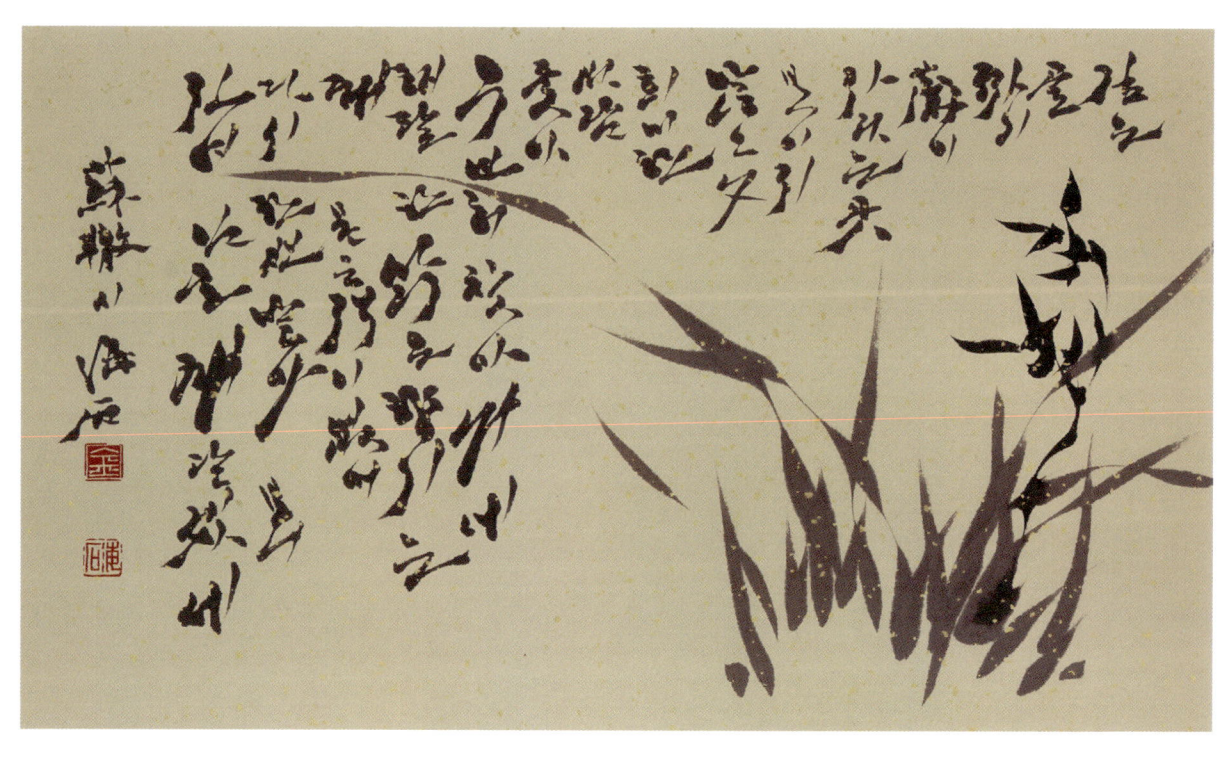

 깊은 골짜기 蘭이 자라는 곳

보이지 않으나 희미한 바람 좇아 우연히 찾아내네

해탈한 맑은 향기는 때 묻은 적이 없어

다시 한 번 맡아 보니 진여임을 깨닫겠네 　一蘇轍一　(46×34㎝)

世人看花色　吾獨看花氣

　남들은 꽃빛을 보지만 나는 꽃의 생기를 본다 (43×20㎝)

　蘭草는 꽃이되어 산방山房에 있건만

　가을바람 어디쯤에 사람의 애를 끓는가

　풍상 앞에 쉽사리 꺾인다한 양이면

　어떻게 오래도록 향기를 남길까　－權敦仁－　(104×38cm)

 蘭은 깊은 숲에 살지만
　사람들이 보아주지 않아도 꽃향기를 내뿜는다 (60×34㎝)

蘭이 밭에 자람이여 향기도 그윽하여라
이를 따다가 몸에 그 향기를 지니노라 −申欽− （36×36㎝）

해지는 가을 숲에 바람 불어와
난초蘭草 어지러이 흔들리는데
난초는 향기를 발하네 (44×35㎝)

사람들은 화려한 자태만을 탐내지만
나는 난초의 푸르름을 사랑하노니
추운 계절에도 생생한 빛 짙은 건
깊은 숲속에서 향기가 퍼지기 때문이니 (53×42㎝)

蘭이 휘장아래 자라나 향이 숭고 하도다
무릇 군자들이 어찌 너의 마음에 공경치 않으리 －申欽－ (47×29㎝)

옥란玉蘭 꽃치 픠니 十年이 어느덧고
중야비가中夜悲歌에 눈물겨워 안저잇서
살뜰히 설운마음 마음은 나혼자 인가ᄒᆞ노라 ―옛시조― (34×67㎝)

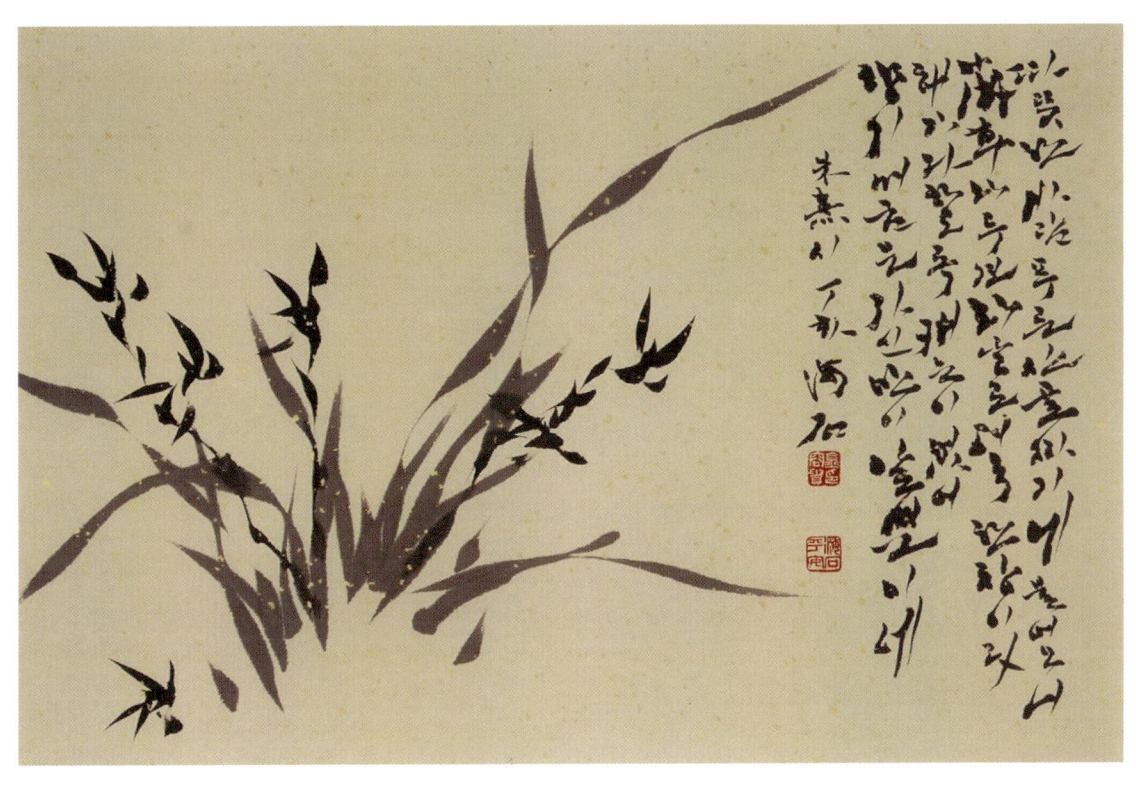

따뜻한 바람 푸른산 골짜기에 불어오니
蘭草와 두견화 날로 더욱 한창이다
해가 다하도록 캐는 이 없어
향기 머금은 자신만이 알뿐이네 －朱熹－ （47×35㎝）

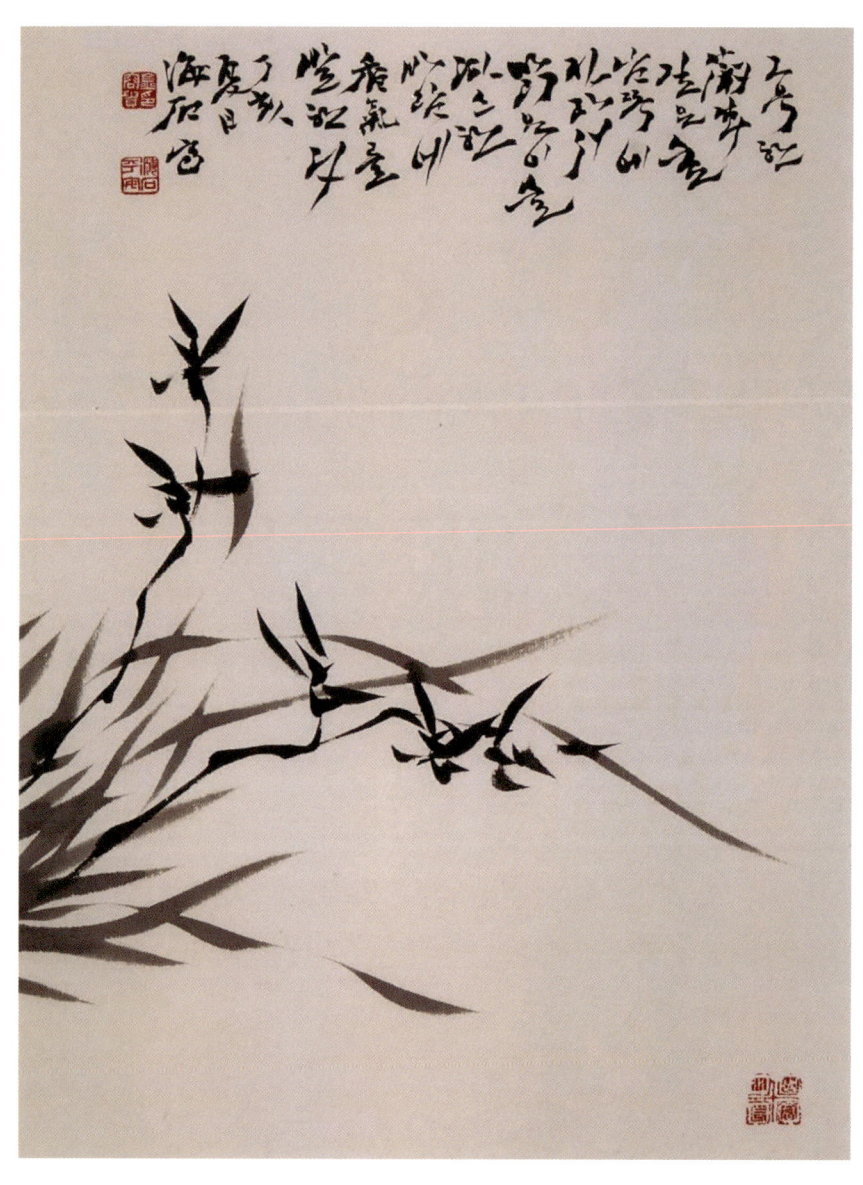

그윽한 蘭草 깊은숲 남쪽에 자라서

　맑은 이슬 따스한 바람에 향기香氣를 발한다 (32×45㎝)

우리나라 묵란墨蘭 작가

■ 이정李霆

[조선] 1541~1626(중종36~인조4) 서화가. 호는 탄은(灘隱). 시서화에 뛰어난 삼절이었다. 특히 대나무 그림에 뛰어나 명성을 떨쳤으며, 조선왕조 5백년을 통해 목죽의 제1인자로 꼽힌다. 묵죽 외에 난초·매화도 잘 그렸다. 그의 작품은 조선 초기의 양식에 비해 새로운 형식을 가미하여 먹의 농담(濃淡)을 통해 화면의 깊이를 조성하는 근대기법을 담았다. 국립중앙박물관 소장 난은 검은 비단위에 금물로 그린 작품이다. 잎새가 길고 시원스럽게 뻗어 올라가면서 허리가 가늘어 리듬감을 느낄 수 있다.

■ 이우李瑀

[조선] 1542~1609(중종37~광해군1) 서화가. 호는 옥산(玉山)·죽와(竹窩)·신사임당의 넷째 아들, 광해군 초에 군자 감정을 지냈으며 시서화와 거문고에 능하여 사절(四絶)이라 불렸다. 이우의 작품 난 잎새는 매우 기운이 넘치고 있으며 줄기의 옅은 먹선이 입체감을 드러내고 있다. 바람에 날리는 잎새지만 꺾임이 없다.

■ 이징李澄

[조선] 1581(선조14～) 화가. 호는 허주(虛舟), 조선 중기의 대표적인 산수화가로 중국 송·원나라의 산수화법을 견지하며 조선 전기의 전통적인 화풍을 혼용 한 것이 특징이다. 그의 작품은 고전적 단아함에서 날렵함이나 시원함보다는 안정감과 엄숙함을 추구한 듯하다.

■ 이인상李麟祥

[조선] 1710～1760(숙종36～영조36) 화가. 호는 능호관(淩壺觀). 현감 벼슬을 거치고 평생을 산수와 벗하며, 격조 높은 풍류인으로 빼어난 화업을 남긴 여기(餘技) 작가이다. 시서화에 뛰어나 산절이라 일컬었으며 글씨는 전서가 뛰어났고 그림은 산수화와 난초를 잘그렸다. 서자 출신으로 불우한 사대부 가문이었지만 모습이 학과 같고 천성이 소탈하여 욕심이 없는 사람으로 추사는 글씨와 그림 모두 문자기(文字氣)를 두루 갖추었다고 칭송했다.

■ 강세황姜世晃

[조선] 1713~1791(숙종39~정조15) 서화가. 호는 표암(豹庵). 18세기 예원의 총수로 강세황은 전서, 예서를 비롯하여 각 서체에 능하고 산수, 사군자에 뛰어났다.

특히 사경(寫景)에서 산수화는 채색의 농담으로 암석의 입체감을 표현하는 화법을 썼다. 강세황의 난초 그림은 부드럽고 깔끔한 분위기가 특색이었다. 잎새를 연출하는 공간분할, 옅은 먹으로 사이사이 배치한 꽃잎과 땅을 암시한 옅은 먹의 풀잎들의 조화는 뛰어난 조형감각을 보여주었다.

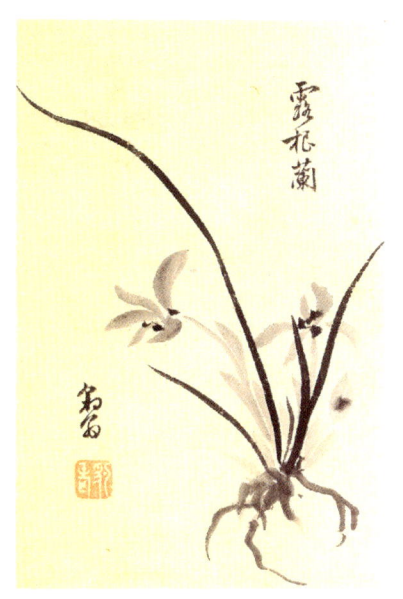

■ 윤제홍尹濟弘

[조선] 1764(영조40~) 문관·화가. 호는 학산(鶴山) 1794년(정조 18) 문과에 급제 승지를 지냈다. 간결한 필치로 산수화를 잘 그려 특이한 격조의 화풍을 세웠으며, 당시 전서와 예서를 잘 쓴 유한지(兪漢之)와 함께 명성이 높았다. 난죽괴석도(蘭竹怪石圖)는 그의 독특한 필운(筆韻)을 보여주고 있으며 담담한 가운데 빼어난 기품을 보여주고 있다.

■ 임희지林熙之

[조선] 1765(영조41~   )역관·화가. 호는 수월헌(水月軒), 한역관(漢譯官)으로 봉사를 지냈다. 18세기가 낳은 감각과 산수화가로 기개가 있고 술을 좋아했으며 피리를 잘 불었다. 그림은 난초와 대나무를 잘 그렸는데, 특히 난초로 유명하여 강세황(姜世晃)보다 낫다는 평을 들었다. 그는 대나무 그림에서 파격을 거리낌 없이 시도했으며, 난초 역시 새로운 장을 열었다. 고려대학교 박물관 소장 난은 세 줄기 잎새의 날카로움과 나머지 잎새의 거칠음은 정형을 파괴하는 아름다움을 창출하였다.

■ 김정희金正喜

[조선] 1786~1856(정조10~철종7) 서화가. 호는 완당(阮堂) 추사(秋史) 등 2백여 가지를 썼던 문신(文臣)·문인(文人)·금석 학자(金石學者)·서화가(書畫家)이다. 예술분야에서 25세 때 중국으로 가서 완원(阮元)과 옹방강(翁方綱) 등과 교유하였고, 벼슬은 이조참판(吏曹參判)까지 이르렀다. 그는 예술분야에서 해박한 지식과 예리한 논리를 바탕으로 자신만의 서예와 난초를 터득하여 19세기 전반기 예술계를 압도했던 대표적인 인물이다. 제주 유배시절에는 『난초치는 법을 예서쓰는 법과 같다고 이르면서 화법만 따르려면 난을 치지 말라고』경고하고 있다. 추사의 난초 그림은 간결한 필치로 예서를 쓰듯 빠르고 날카로운 잎새, 짙고 옅은 농담의 변화가 화폭을 차지

하며 공간 감각과 조형 능력이 화폭을 압도한다. 불후의 명작 불이선란(不二禪蘭)은 『글씨 쓰는 법으로 친 것이니 세상 사람들이 어찌 알아보며 좋아할 수 있겠느냐』하며 작가 스스로 자만스러워 할 만큼 만족한 작품이다. 추사는 난초 그림의 참된 경지는 지면에 그려지는 것보다 마음속으로 체득하는 것이라 여겼다. 대표작으로는 '불이선란' "세한도" 등이 있다.

학문 연구에는 실사구시(實事求是)를 주장하였으며, 고증학(考證學)·금석학(金石學)에 밝았고, 한예(韓隷)를 바탕으로 하면서 중국 각 서가(書家)의 서풍을 절충하여 패기와 필력, 구성의 조화에 찬 추사체(秋史體)를 창시하였다.

■ 조희룡趙熙龍

[조선] 1797~1859(정조21~철종10) 서화가. 호는 우봉(又峰). 본래 명문가였으나 후대로 내려오면서 몰락하여 그의 대에서는 중인(中人) 신분으로 전락, 벼슬이 오위장에 머물렀다. 추사 김정희의 제자로 시문을 잘 지었고, 서화에도 뛰어났다. 글씨는 추사체를 잘썼으며, 그림은 매화·난초·대나무·나비·산수 등을 잘 그렸는데, 특히 매화와 난초에 뛰어났다. 스스로 말하기를 "怒노한기로 대를 그리고 기쁜 기로 난을 그린다."고 하였다. 조희룡은 난초 그림에서 부드럽고 가벼우며 자연스러움을 추구하며 야생하는 난초를 풀 그리듯 하였다. 그러나 김정희는 그의 난초 그림을 평하기를, "난초 그림은 화법을 가장 꺼린다. 조희룡은 나의 화법을 배워 그리고 있으나 끝내 화법에 얽매여 벗어나지 못했다"며 속기(俗氣)가 있음을 지적했다.

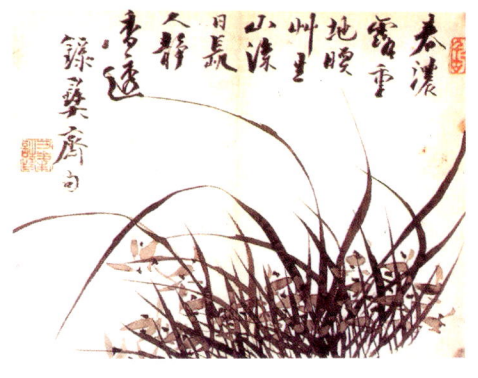

■ 허련許鍊

[조선] 1809~1892(순조29~고종 29) 화가. 호는 소치小癡. 그는 산수, 인물, 묵화에 뛰어 났는데, 김정희(金正喜)의 예원(藝苑)에 드나들며, 서·화 모두 영향을 받고 안목을 길렀다. 벼슬이 지중추(知中樞)까지 오른 사대부

화가이다. 스승이 세상을 떠나자 낙향하여 운림산방을 세웠다. 산수화에 뛰어났던 허련은 난초그림 양식은 스승을 충실히 따랐다. 잎새를 세 번 꺾어 그렸으며 말년에 그린 석란石蘭은 추사체 글씨획으로 친 난초라 할 수 있다. 김정희의 지우를 얻어 화법이 우리나라의 제일이라는 칭찬을 받았으며 조선말기 화단에 남종화를 토착화 시켰다. 추사의 영정을 비롯한 많은 묵적을 남겼다.

■ 신헌申櫶

[조선] 1810~1888(순조10~고종25) 무관·서화가. 호는 위당威堂. 무위도통사를 지냈다. 일찍이 1876 년(고종 13) 전권대신으로서 일본과 강화도조약을 체결한데 이어 1882년 미국의 슈펠트 제독과 한미 수호통상조약을 체결했다. 문장과 서화에 능했는데, 글씨는 예서·해서를 잘 썼으며, 그림은 묵란을 잘 그렸다. 추사 김정희의 제자였던 신헌은 추사체를 쓰며 새로운 시대의 감각적 아름다움을 추구했다.

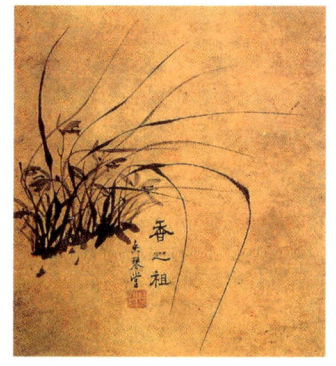

그의 묵란은 가느다란 잎새의 날카로움과 극단으로 꺾은 두 줄기 잎새는 조형감각의 일면을 보여주고 있다. 세 번 꺾은 잎새의 구성은 스승 추사의 가르침에 따른 것이며 화폭을 구성하는 공간 감각은 매우 독자적이었다.

■ 이하응 李昰應

[조선] 1820~1898(순종20~광무2) 정치가
및 서화가. 호는 석파石坡. 흥선대원군인
이하응은 10년간 섭정을 한 정치가이면서
특히 서와 묵란에 뛰어나 많은 작품을 남
겼다. 김정희의 문인으로 글씨는 추사체
를 자유롭게 구사하였고, 특히 묵란에 능
하여 김정희로부터 우리나라 제일이라는
평을 들었다. 그의 난초 그림은 권력 투
쟁의 영광과 시련에서 점철된 삶속에서
그려졌다. 힘차고 날카로우며 때로 유연
한 탄력에 넘치는 아름다움을 지닌 난
초였기에 추사는 『타고난 자질이 맑고
오묘하여 난의 성질과 가까운 점이 있기
때문이라 하였다』 그의 화풍은 여백을 살
리고 대개 많은 수의 잎이 한무더기를 이
루고 굵기의 변화가 심한 난잎은 가늘고
길며 끝이 예리하다. 한쪽에 한떨기 춘란
(春蘭)을 즐겨 그렸다. 난은 섬세하고 동
적이며 칼날처럼 예리하다. 그의 파란만
장한 인생역정을 말해주고 있다.

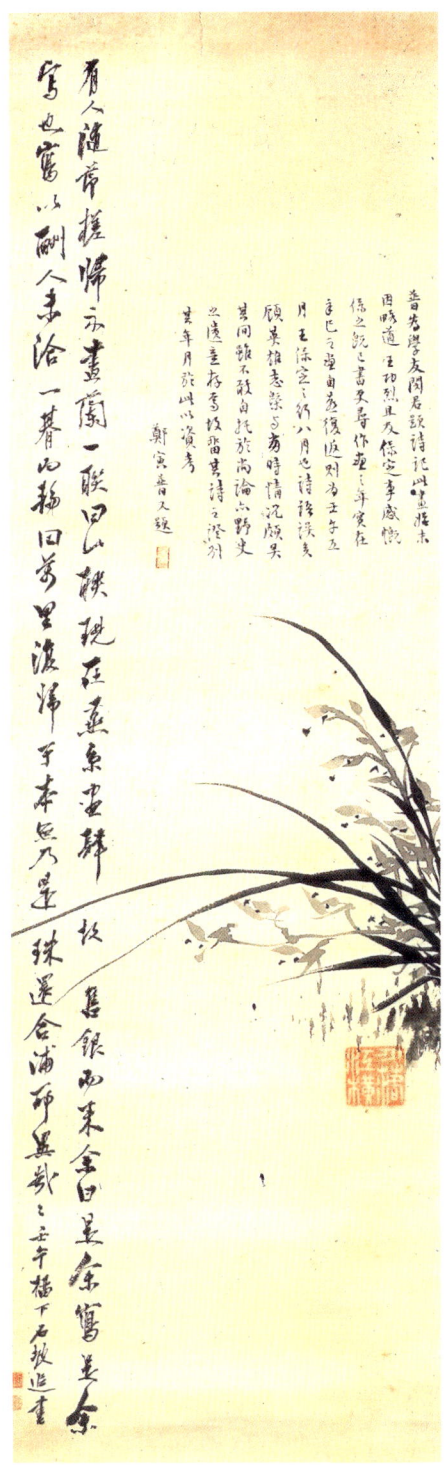

■ 방윤명 方允明

[조선] 1827~1880(순조27~고종17)
서화가. 호는 노천(老泉). 벼슬은
첨절제사를 지냈다. 그림은 매화·
난초를 잘 그렸고, 글씨는 추사 김
정희를 본받았다. 흥선대원군이 집
정했을 때 그에게 난초를 그려달라
는 사람이 있으면 대신 그려 주었
는데, 필치가 대원군과 같아 세인
이 잘 분간하지 못했다고 한다. 오
늘날 대원군의 난초로 전하는 작품
가운데 방윤명이 그린 것이 적지
않은 것으로 알려진다.

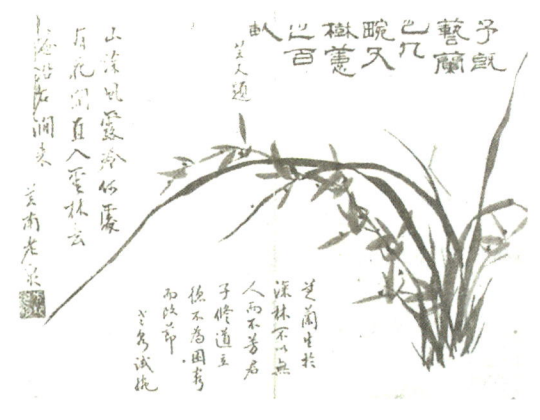

■ 유재소 劉在韶

[조선] 1829~1911(순조29~) 화가.
호는 학석(鶴石)·형당(蘅堂). 벼슬
은 판관을 지냈다. 김정희의 가르침
을 받았으며 특히 전기(田琦)와는
각별하게 교류하였다. 간결한 구도
와 갈필로 원말 사대가인 예찬과
황공망의 화풍이 깃들인 산수화를
주로 그렸다. 그의 묵란은 전기의
화첩에 들어있는 그림이다. 전기의
화첩에 삽입된 연유는 알 수 없으
나 전기의 작품일 가능성도 배제할
수 없다.

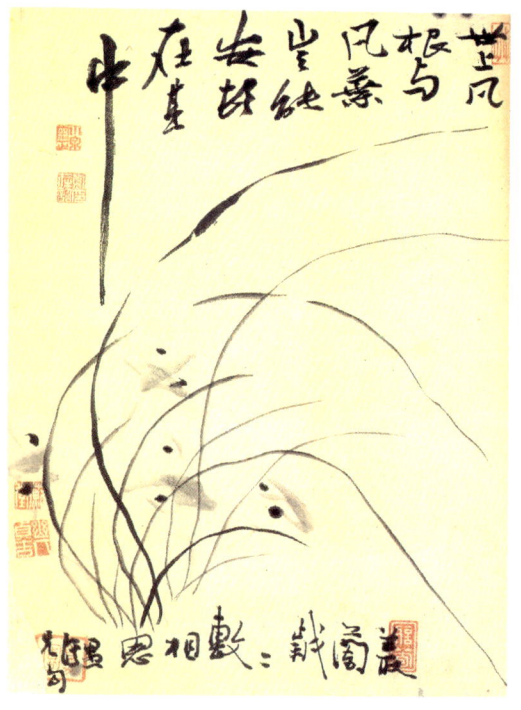

■ 정학교丁學敎

[조선·근대] 1832~1914(순조32~)
서화가. 호는 향수(香壽). 초서와 예
서에 뛰어난 서예가이자 대나무와
난초 및 특히 괴석(怪石)으로 명성을
얻은 화가이다. 그는 또한 장승업의
그림에 적지 않은 제발을 남기고 있
어 장승업의 그림에 진부를 가리는
데 일조를 한다. 혹자는 그의 그림에
서 지나치게 중국적인 취향을 꼬집
고 있지만 괴석에 있어서는 당대의
제일로 꼽혔는데, 글씨·돌·초목이
흔연히 어우러져 한층 묘미를 돋구
는 것이 특색이었다.

■ 윤용구尹用求

[조선·근대] 1853~1939(철종40~) 문관·서화가. 호는 석촌(石村) 1871년(고종 8) 문과에 급제, 예조·이조의 판서를 지냈으며, 서화에 뛰어났는데, 글씨는 해서·행서를 잘 썼고, 그림은 난초·대나무와 산수를 잘 그렸다.

윤용구는 성격이 고아하고 지조가 드높아 그 이름이 널리 퍼졌는데 작품 또한 그의 명성 못지않았다. 윤용구의 그림은 화폭을 가득 채우는 구도로 듬성듬성 여백의 미를 담고 있다. 작대기를 꺾듯 바위를 묘사하여 딱딱한 맛이 흘러나오는데도 농담의 옅은 먹으로 처리하여 은은하고 부드럽다. 「석란」은 가볍고 빠른 붓놀림과 옅은 먹의 처리로 복잡함과 단순함으로 소화해내 시원스럽게 보여주고 있다.

■ 김응원金應元

[조선·근대] 1855~1921(철종6~　) 화가.
호는 소호(小湖). 철종 6년에 태어났다. 특
히 난초(蘭草)를 전문으로 잘 그렸으며 그
의 난법(蘭法)은 김정희(秋史 金正喜)와 대
원군 이하응(李昰應)의 필의를 철저하게 뒤
따라 구한 말 서화계에서 난초그림으로 가
장 이름 높았던 문인화가였다. 대원군의 종
복으로 어릴 때부터 난초 그림을 배웠다.
서화에 능해 대원군이 섭정 때에는 그를 대
신해 난을 쳤다. 대원군의 사후에는 묵객으
로 석파 난법의 후계자로 독자적인 이름을
떨쳤다. 1911년 서화미술원 강습소 교수를
하였으며, 1918년 서화협회 발기인으로 당
대화단의 중심부에서 활동하였다. 글씨는 예
서(隸書)와 행서(行書)를 잘 썼으며 유작으
로 난초 그림이 대부분이다. 근원(近源) 김
용준(金瑢俊)은 소호의 난초는 "대원군의 영
향을 받은 작가이나 좀 교(巧)한데 흐른 필
치"라고 평한 바 있다.

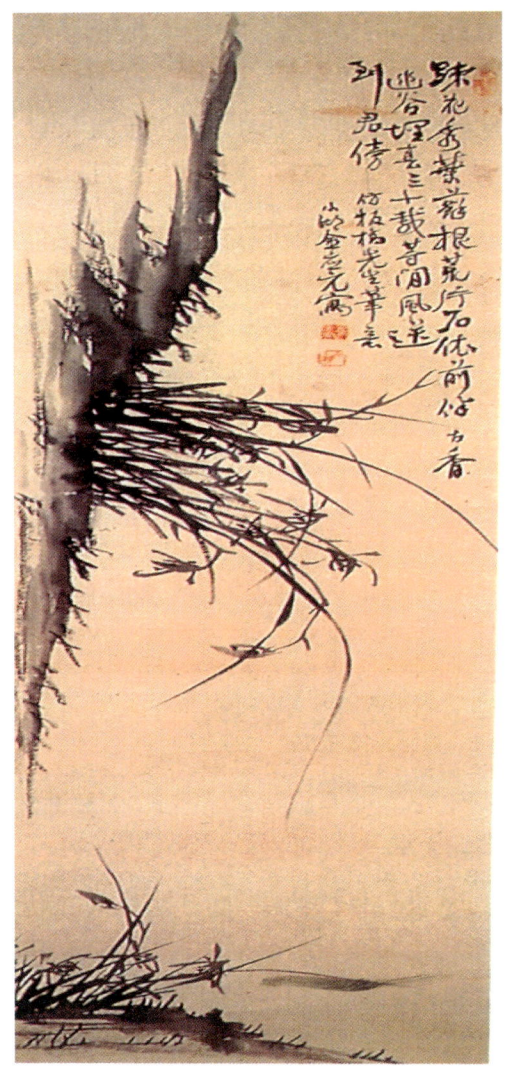

■ 민영익閔泳翊

[조선·근대] 1860~1914(철종11~) 호는 운미芸楣. 묵란과 묵죽에 독특한 경지를 개척하여 당시 대원군 이하응(李昰應)과 나란히 이름을 드날렸다. 왕실 외척으로 태어나 20대 초반 미국 유럽을 돌며 서양 문물에 눈을 뜨고 요직을 두루 거치지만 야심보다는 보수적인 성향을 보였으며, 40대 종반에 중국으로 망명을 떠나 살아서 돌아오지 못한 비운의 정객이었다. 중국에서 많은 문인화가들과 사군자를 그리며 말년을 보냈다. 특히 청말淸末의 대가 오창석吳昌碩을 만나면서 격변기에 자기를 다지려는 의지의 표현과 그 애절한 자기다짐으로 작품이 표현되어 있다고 해석할 수 있다. 그의 묵란은 부드럽고 원만한 균형과 조화를 추구하는 심미 감각을 헤아릴 수 있다. 난초 그림에 대해서는 당시 세인들이 대원군의 춘란과 운미의 혜란이 쌍벽이라고 말했는데 그 모두가 세파 속에서 피어난 예술의 작품이었다.

■ 김용진金容鎭

[조선·근대] 1878~1968(고
종15~) 문인화가. 호는 영
운(穎雲). 서울에서 태어났
다. 40세가 넘어서 그림을
시작했으며 사군자를 주로했
다. 그의 정석적(定石的)인
작품의 가치는 독창보다 아
류를 형성하고 있으나 작품
에 인격이 서려 격조가 높았
다. 초기 선전(鮮展)에 출품
했으며, 국전 심사위원 및
고문을 역임하였다. 그의 묵
란은 조선조 문인화의 흐름
을 이어 받아서 문기(文氣)
어린 높은 경지의 예술 세계
를 실현하고 있다.

■ 황용하黃用河

[근대] 1899(광무 3~) 서화가. 호는 미산(美山). 개성 4형제 화가 중 넷째 아들.
1924~31년 선전(鮮展)에 잇달아 입선하여 1927년 서화전에 참여했고, 1949년 국
전 추천작가로 출품했다. 사군자에 능했으며 특히 난초와 국화를 잘 그렸다.

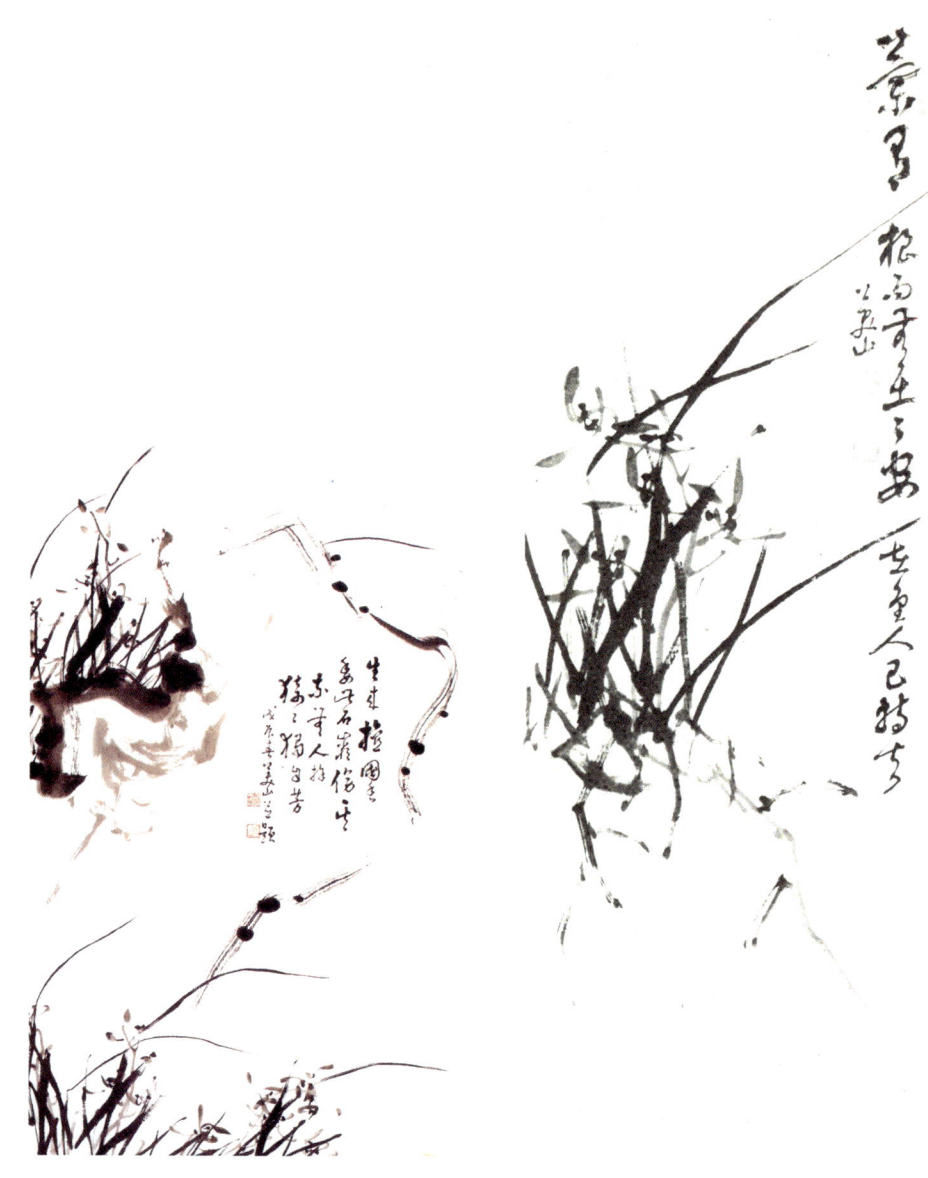

참고문헌

최 열   사군자 감상법   대원사   2000

李泰浩 兪弘濬   19세기 文人들의 書畵   열화당   1988

李泰浩 兪弘濬   舊韓末의 그림   學古齋   1989

김수남   한국의 자생란   대원사   1995

문봉선   매란국죽   학고재   2006

김기동   농인묵난산보   서예문인화   2006

박영대   우리그림 백가지   현암사   2002

韓文影   韓國書畵家 人名事典   汎友社   2000

이석원   美術家 人名事典   교학사   1993

鄭良謨   花鳥四君子   中央日報社   1985

이경서   한국의 야생란   난과 생활사   1995

金榮胤   韓國書畵人名辭書 漢陽文化社   1959

유홍준   완당평전 학고재   2002

한국민족대백과사전   한국정신문화연구원   1989

韓國近代繪畵名品   國立光州博物館   1995

韓國書藝一百年   예술의 전당 1988

澗松文華 46호   韓國民族美術研究所   1994

金 容 貴　　찬연·海石
1955年　全羅北道　高敞生

■ 受賞經歷
- 新羅美術大賞展　入選 (1981)
- 全羅北道美術大展　特選 (1997)
- 大韓民國書藝大展　入選特選 (1999－2003)
- 서울시書藝大展　特選 (1999－2001)
- 剛庵書藝大展　特選 (2000)
- 東亞美術祭　入選 (2001－2005)
- 大韓民國海東書藝大展　大賞 (2003)
- 書藝文化大展　優秀賞 (2004)
- 한글날　文化褒章受賞 (2006)

■ 招待展
- 中韓書法大展　北京 (2006)
- 日本宮岐縣立博物館展 (2007)
- 韓國書藝家協會展 (2002－2007)
- 한글서예대축제 (2003－2007)
- 書藝構想과　抽象展 (2003)
- 苦惱하는　韓國書藝家100人展 (2006)
- 世界書藝全北비엔날레 (2007)
- 世界書藝祝祭　韓國書藝精神展 (2006)

■ 著　　書
- 한글서체자전 한국문화사 1996
- 현대한글서체자전 다운샘 1998
- 한글서체총서 한국문화사 1998
- 한글서예대자전 다운샘 2006

■ 現　　在
- 大韓民國書藝大展　招待作家
- 서울시書藝大展　招待作家
- 韓國書藝家協會員
- 檀國大學校　退溪圖書館　學術情報奉仕課長

- 경기도 용인시 기흥구 동백동
  백현마을아파트 2804동－1504호
- 010－4464－9800
- kimyg2163@hanmail.net

난 화 묵 향

- 초판 인쇄   2008년 6월 16일
- 초판 발행   2008년 6월 16일

- 지 은 이   김용귀
- 펴 낸 이   채종준
- 펴 낸 곳   한국학술정보㈜
            경기도 파주시 교하읍 문발리 513-5
            파주출판문화정보산업단지
            전화   031) 908-3181(대표) · 팩스   031) 908-3189
            홈페이지   http://www.kstudy.com
            e-mail(출판사업부)   publish@kstudy.com
- 등   록   제일산-115호(2000. 6. 19)
- 가   격   20,000원

ISBN   978-89-534-8602-7 93810 (Paper Book)
        978-89-534-8603-4 98810 (e-Book)